Beppe Fenoglio

EINE PRIVATSACHE

Roman
Aus dem Italienischen
von Heinz Riedt

Frankfurter
Verlagsanstalt

Titel der italienischen Ausgabe:
»Una questione privata«

»Eine Privatsache« erschien erstmals
1968 im Benziger Verlag, Zürich und Köln.

Erste Auflage 1988

Satz: Typo Forum Gröger, Büdingen
Druck & Einband: Franz Spiegel Buch, Ulm
Printed in Germany

Eine Privatsache

I

Den Mund leicht geöffnet, mit herunterhängenden Armen, sah Milton zu Fulvias Villa hinüber, die auf dem Hügel über der Stadt Alba lag.

Nicht daß sein Herz geklopft hätte, nein, es schien überhaupt nicht mehr dazusein.

Da standen die vier Kirschbäume, die den Weg säumten hinter dem angelehnten Tor, die beiden Buchen, die ihre Wipfel weit über das dunkel glänzende Dach reckten. Die Mauern waren immer noch blendend weiß, ohne Flecken und Rauchspuren, die stürmischen Regenfälle der letzten Tage hatten ihnen nichts anhaben können. Sämtliche Fensterläden waren anscheinend schon seit langem fest verriegelt.

»Wann werde ich sie wiedersehen? Vor Kriegsende bestimmt nicht. Das wäre auch nicht gut. Aber an dem Tag, wo der Krieg aus ist, mache ich mich auf den Weg nach Turin und suche sie. Sie ist fern von mir, genauso fern wie unser Sieg.«

Sein Kamerad kam auf ihn zu, er rutschte auf dem glitschigen Schlamm aus.

»Warum hast du diesen Umweg gemacht?« fragte Ivan. »Warum bleibst du hier stehen? Wohin starrst du eigentlich? Auf das Haus drüben? Was ist denn daran so interessant?«

»Seit Kriegsanfang habe ich es nicht mehr gesehen,

und bis Kriegsende werde ich es nicht mehr sehen. Gedulde dich fünf Minuten, Ivan!«

»Hier geht's nicht um Geduld, sondern um unsere Haut. Es ist gefährlich hier oben. Wegen der Patrouillen.«

»So weit wagen die sich nicht 'rauf. Sie kommen höchstens bis zur Eisenbahn.«

»Hör auf mich, Milton, machen wir, daß wir weiterkommen. Der Asphalt paßt mir nicht.«

»Wir sind hier ja gar nicht auf dem Asphalt«, erwiderte Milton, der schon wieder die Villa anstarrte.

»Aber er ist gerade unter uns«, und Ivan deutete auf ein Stück Landstraße gleich unterhalb der Anhöhe, eine Straße voller Risse und Schlaglöcher.

»Der Asphalt paßt mir nicht«, wiederholte Ivan. »Auf einem Fuhrweg kannst du von mir aus soviel Blödsinn machen, wie du willst, aber der Asphalt paßt mir nicht.«

»Warte hier fünf Minuten«, antwortete Milton ruhig und ging auf die Villa zu. Ivan kauerte sich seufzend auf die Fersen, stützte das *Sten* auf den Oberschenkel und überwachte Landstraße und Abhang. Er warf seinem Kameraden einen Blick nach. »Wie läuft denn der? In all den Monaten hab ich ihn noch nie so laufen sehen, wie auf Eiern!«

Milton war häßlich: Hochgewachsen, hager, mit gekrümmten Schultern. Er hatte eine dicke, ganz blasse Haut, die sich aber beim geringsten Wechsel von Licht oder Laune verfärben konnte. Obwohl er erst zweiundzwanzig war, hatte er an den Mundwinkeln schon zwei herbe Falten und eine zerfurchte Stirn, weil er die Angewohnheit hatte, sie immer zu runzeln. Sein Haar war kastanienbraun, doch Monate in Regen und Staub hatten es zu einem verwaschenen Blond gebleicht. Für ihn sprachen nur die Augen, traurig und ironisch, hart und begehrlich; sie zogen auch jene Mädchen an, die ihm keineswegs gewogen waren. Seine Beine waren lang, hager und sehnig; sein Schritt weitausholend, rasch und beherrscht.

Er trat durch das Tor, das nicht quietschte, ging über den Weg bis zum dritten Kirschbaum. Was für prächtige Kirschen hatte es im Frühling zweiundvierzig gegeben! Fulvia war hinaufgeklettert, um für sie beide Kirschen zu pflücken. Sie sollten nach einer Tafel echter Schweizer Schokolade verspeist werden, von der Fulvia einen geradezu unerschöpflichen Vorrat zu haben schien. Wie ein Junge war sie hinaufgeklettert; um die, wie sie sich ausdrückte, sieghaft reifsten zu pflücken, hatte sich auf einen Ast gestellt, der nicht sonderlich kräftig aussah. Der Korb war schon voll, aber sie kam immer noch nicht herunter; sie kletterte nicht einmal zum Stamm zurück. Er dachte schon, sie bliebe absichtlich so lange oben, damit er näher treten und einen Blick von unten zu ihr hinaufwerfen solle. Statt dessen wich er ein paar Schritte zurück. Ein Schauer fuhr ihm bis in die Haarspitzen, und seine Lippen bebten. »Komm endlich herunter. Es reicht, komm jetzt. Wenn du noch länger oben bleibst, esse ich keine einzige Kirsche. Komm 'runter, oder ich schütte den ganzen Korb hinter die Hecke.« Fulvia lachte; es klang ein bißchen schrill. Ein Vogel flüchtete aus den oberen Ästen.

Er schritt auf das Haus zu, blieb stehen und ging wieder zu den Kirschbäumen zurück. »Wie konnte ich das vergessen?« dachte er verstört. Genau auf der Höhe des letzten Kirschbaums war es gewesen. Sie war über den Weg auf die Wiese hinter den Kirschbäumen gegangen. Dort hatte sie sich hingelegt, trotz ihres weißen Kleides und obwohl das Gras nicht mehr warm war. Sie hatte ihren Nacken mit den Zöpfen in die Hände geschmiegt und in die Sonne gestarrt. Aber als auch er auf die Wiese kommen wollte, rief sie, er solle bleiben, wo er sei. »Bleib! Lehn dich an den Stamm des Kirschbaums. Ja so!« Dann sagte sie, während sie immer noch in die Sonne sah: »Häßlich bist du!« Milton stimmte ihr mit den Augen zu, sie aber sagte: »Du hast herrliche Augen, einen schönen Mund, wunderschöne Hände, aber alles in allem bist du häßlich.« Kaum wahrnehmbar drehte sie den Kopf zu ihm. »Aber so häßlich auch wieder nicht. Wie können sie nur sagen, du seist häßlich? Sie sagen es ohne… ohne Verstand.« Und eine Weile später, ganz leise zwar, aber so, daß er es hören mußte: »*Hieme et aestate, prope et procul, usque dum vivam*… O großer und lieber Gott, laß mich nur für einen Augenblick im Weiß jener Wolke das Profil des Mannes erkennen, dem ich das sagen werde!« Mit einem Ruck wandte sie ihm ihr Gesicht zu:

»Wie wirst du deinen nächsten Brief beginnen? ›Fulvia, Verderben‹?«

Er schüttelte den Kopf und rieb sein Haar an der Rinde des Kirschbaums. Fulvia ereiferte sich: »Soll das heißen, daß es keinen nächsten Brief geben wird?«

»Es heißt nur, daß ich ihn nicht mit ›Fulvia, Verderben!‹ beginnen werde. Du brauchst dir wegen der Briefe keine Sorgen zu machen. Ich weiß, wir können es nicht mehr lassen: ich, Briefe zu schreiben und du, sie zu erhalten.«

Fulvia hatte nach der ersten Einladung in die Villa verlangt, daß er ihr schreiben solle. Sie hatte ihn heraufbestellt, damit er ihr den Text von *Deep Purple* übersetzte. »Ich glaube, es geht da um den Sonnenuntergang«, hatte sie gesagt. Er übersetzte den Text direkt von der Platte, die sie auf kleinste Geschwindigkeit eingestellt hatten. Sie schenkte ihm Zigaretten und eine Tafel Schweizer Schokolade. Sie hatte ihn bis ans Tor begleitet. »Kann ich dich morgen früh wiedersehen«, fragte er, »wenn du nach Alba kommst?«

»Nein, auf gar keinen Fall!«

»Aber du kommst doch jeden Morgen und machst die Runde durch alle Cafés.«

»Auf keinen Fall. Du und ich in der Stadt, das ist nichts für uns.«

»Aber hierher darf ich kommen?«

»Das sollst du sogar.«

»Wann?«

»Heute in einer Woche.«

Milton wußte nicht, woran er war, angesichts der Ungeheuerlichkeit, der Unüberwindbarkeit dieser endlosen Zeitspanne. Und sie, wie hatte sie das nur so dahinsagen können?

»Also abgemacht, heute in einer Woche. Und in der Zwischenzeit schreibe mir.«

»Einen Brief?«

»Natürlich einen Brief. Schreib ihn bei Nacht.«

»Ja, aber was für einen Brief?«

»Irgendeinen Brief.«

Daran hatte sich Milton gehalten, und als er sie zum zweitenmal traf, hatte Fulvia gesagt, er könne ausgezeichnet schreiben.

»Ich hab's... einigermaßen hingekriegt.« –

»Wunderbar, sag ich dir. Weißt du, was ich mache, wenn ich nächstes Mal nach Turin komme? Ich besorg mir ein Kästchen, um deine Briefe aufzubewahren. Alle werde ich aufbewahren, und kein Mensch wird sie je zu sehen bekommen. Vielleicht einmal meine Enkelkinder, wenn sie so groß sind wie ich.«

Er hatte nichts erwidern können, bedrückt bei dem Gedanken, daß Fulvias Enkelkinder nicht auch seine eigenen sein könnten.

»Wie wirst du deinen nächsten Brief beginnen? Dieser fängt an mit ›Fulvia, du Pracht‹. Bin ich wirklich prächtig?«

»Nein, du bist nicht prächtig.«

»Dann bin ich's gar nicht?«

»Eine wahre Pracht bist du!«

»Du, du«, sagte sie, »du hast eine Art zu reden... Mir war, als hätte ich das Wort Pracht zum erstenmal in meinem Leben gehört.«

»Das ist gar nicht verwunderlich. Vor dir hat es eben keine Pracht gegeben.«

»Lügner!« murmelte sie einen Augenblick später, »schau dort, was für eine wunderbare Sonne!« Sie stand mit einem Ruck auf und lief bis zum Wegrand, der Sonne entgegen.

Jetzt folgte sein gesenkter Blick dem Weg, den Fulvia damals gegangen war, doch ehe er dessen Ende erreichte, kehrte er noch einmal an den Ausgangspunkt zurück, zum letzten Kirschbaum in der Reihe. Wie dunkel er geworden war und wie alt. Er bebte und tropfte vor dem weißlichen Himmel.

Dann riß er sich zusammen und ging etwas schwerfällig zu dem Platz vor der kleinen Pergola am Hauseingang. Der Kies war mit vermoderten Blättern vermengt, mit den Blättern zweier Herbste, seit Fulvia nicht mehr da war. Beim Lesen saß sie immer dort drüben, genau unter dem mittleren Bogen, in den großen Rohrsessel mit den roten Kissen gekauert. Sie las *Der grüne Hut, Fräulein Else, Albertine disparue*... Diese Bücher in Fulvias Händen taten ihm weh. Er verfluchte, er haßte Proust, Schnitzler, Michael Arlen. Später allerdings hatte Fulvia diese Bücher aufgegeben, anscheinend genügten ihr die Gedichte und Erzählungen, die er für sie übersetzte. Als erstes hatte er ihr seine Fassung von *Evelyn Hope* gebracht.

»Für mich?« hatte sie gefragt.

»Für dich ganz allein.«

»Warum gerade für mich?«

»Weil… wehe, wenn du für so was nicht zu haben bist.«

»Wehe mir?«

»Nein, wehe mir.«

»Was ist denn das überhaupt?«

»Beautiful Evelyn Hope is dead/Sit and watch by her side an hour.« Nachher glänzten ihre Augen, doch sie zog es vor, sich in Bewunderung für den Übersetzer zu ergehen. »Hast du das wirklich übersetzt? Dann bist du ja ein wahrer Gott. Und lustige Sachen übersetzt du nie?«

»Nie.«

»Warum nicht?«

»Ich bekomme sie gar nicht zu Gesicht. Ich glaube, sie fliehen mich, die lustigen Sachen.«

Das nächste Mal brachte er ihr eine Erzählung von Poe.

»Wovon handelt sie?«

»Of my love, of my lost love, of my lost love Morella.«

»Ich werde sie heute nacht lesen.«

»Ich hab zwei Nächte gebraucht, um sie zu übersetzen.«

»Bleibst du nachts auch nicht zu lange auf?«

»Das muß ich ohnehin«, erwiderte er. »Es vergeht ja keine Nacht ohne Alarm, und ich bin beim Luftschutz.«

Sie lachte laut heraus. »Luftschutz! Du bist beim Luftschutz? Das hättest du mir nicht sagen dürfen. Das ist zu komisch. Ein freiwilliger Luftschutzhelfer mit gelbblauer Armbinde!«

»Mit Armbinde schon, aber alles andere als freiwillig! Die Parteileitung hat uns eingezogen, und wenn du bei einem einzigen Alarm fehlst, hast du am nächsten Tag die Polizei auf dem Hals! Auch Giorgio ist beim Luftschutz.« Doch über Giorgio lachte Fulvia nicht, vielleicht, weil sie schon zu viel über ihn gelacht hatte.

Giorgio Clerici war's, der ihn mit ihr bekannt gemacht hatte, nach einem Basketballspiel in der Sporthalle. Sie waren aus den Umkleidekabinen gekommen und hatten sie wie eine Perle zwischen Algen unter den letzten hinausströmenden Zuschauern entdeckt.

»Das ist Fulvia. Sechzehn Jahre. Aus Turin. Evakuiert aus Angst vor den Bombenangriffen, die ihr aber eigentlich Spaß gemacht haben. Jetzt wohnt sie auf dem Hügel oben, in der Villa, die dem Notar gehört hat… Fulvia hat einen Haufen amerikanischer Platten. Fulvia, der hier ist ein englischer Gott.«

Nur ganz am Ende hatte Fulvia Milton angesehen, und ihre Augen sagten, daß er, Milton, alles sein könnte, bloß kein Gott.

Milton preßte die Hände vors Gesicht und versuchte, sich Fulvias Augen vorzustellen. Schließlich nahm er die Hände wieder weg, erschöpft von der Anstrengung und von der Furcht, sich nicht mehr an sie erinnern zu können. Warm waren sie und haselnußbraun, mit goldenen Reflexen.

Er drehte sich um und sah ein Stück von Ivan, der

immer noch dahockte und den langgezogenen, unübersichtlichen Abhang beobachtete.

Er trat unter die kleine Pergola. »Fulvia, Fulvia, meine Liebe!« Vor ihrer Haustür schien ihm, als sei dies nicht in den Wind gesprochen, zum erstenmal nach so vielen Monaten. »Ich bin immer noch derselbe, Fulvia. So vieles habe ich getan, ich habe einen langen Weg zurückgelegt… Ich bin geflohen, und ich habe andere verfolgt. Ich habe mich so lebendig gefühlt wie noch nie, und ich habe mich schon tot gesehen. Ich habe gelacht, und ich habe geweint. Ich habe einen Menschen getötet, und das mit Leidenschaft. Und unzählige habe ich sterben sehen, leidenschaftslos. Aber ich bin immer noch derselbe.«

Von der Seite hörte er Schritte näherkommen, auf dem Weg, der rings ums Haus führte. Milton riß den amerikanischen Karabiner von der Schulter, die Schritte waren schwerfällig, und doch waren es die Schritte einer Frau.

2

Eine Frau spähte um die Ecke. »Was wünschen Sie? Wen suchen Sie? Aber das ist doch...«

»Ja, ich bin's«, sagte Milton, ohne ein Lächeln, zu sehr aus der Fasssung gebracht, weil sie so gealtert war. Sie war noch gedrungener geworden, ihr Gesicht ganz eingefallen und ihr Haar weiß.

»Der Freund der Signorina«, sagte die Frau und kam hinter der schützenden Ecke hervor. »Einer der Freunde. Fulvia ist fort, sie ist zurück nach Turin.«

»Ich weiß.«

»Vor über einem Jahr ist sie abgereist, damals, als ihr euern Krieg begonnen habt.«

»Ich weiß. Haben Sie wieder etwas von ihr gehört?«

»Von Fulvia?« Sie schüttelte den Kopf. »Sie hat mir zwar versprochen zu schreiben, aber sie hat's nie getan. Doch ich gebe die Hoffnung nicht auf, und eines Tages werde ich schon was bekommen.«

»Diese Frau«, dachte Milton und starrte sie an, »diese alte, unbedeutende Frau wird einen Brief von Fulvia erhalten; in dem sie über ihr Leben berichtet, mit Grüßen und Unterschrift.«

Sie unterschrieb stets: $\frac{\text{Fu/l}}{\text{vi/a}}$, wenigstens bei ihm.

»Es kann auch sein, daß sie geschrieben hat, und

der Brief ist verlorengegangen.« Sie schlug die Augen nieder und fuhr fort: »Lieb war sie, Fräulein Fulvia, lebhaft, launisch vielleicht, aber sehr lieb.« – »Ja.«

»Und sehr schön.«

Milton antwortete nicht, sondern schob nur die Unterlippe vor. Das war seine Art, Schmerz zu ertragen. Fulvias Schönheit hatte ihm immer wehgetan, mehr als alles andere. Sie sah ihn ein wenig von der Seite an und meinte: »Dabei ist sie jetzt noch nicht mal achtzehn. Damals war sie gerade sechzehn.«

»Ich möchte Sie um einen Gefallen bitten. Lassen Sie mich das Haus noch einmal ansehen.« Seine Stimme war hart geworden, ohne daß er es wollte, fast rauh. »Sie wissen gar nicht, wie Sie mir damit... helfen würden.«

»Aber gewiß«, erwiderte sie.

»Lassen Sie mich nur unser Zimmer wiedersehen.« Er hatte vergeblich versucht, seiner Stimme einen weicheren Ton zu geben. »Es dauert nicht länger als zwei Minuten.«

»Aber gewiß.«

Die Frau wollte ihm von innen öffnen, dazu mußte sie um das Haus herumgehen, er solle sich gedulden. »Und dem Sohn des Bauern sage ich, daß er hinausgeht und ein bißchen aufpaßt.«

»Auf der anderen Seite, bitte. Auf dieser Seite hält schon ein Kamerad von mir Wache.«

»Ich dachte, Sie wären allein«, sagte die Frau argwöhnisch.

»Es ist geradeso, als wäre ich's.«

Die Frau verschwand um die Ecke, und Milton trat wieder auf den Vorplatz hinaus. Er klatschte in die Hände, um sich bemerkbar zu machen, und zeigte Ivan die geöffnete Hand. Fünf Minuten, er sollte noch fünf Minuten warten. Dann warf er einen Blick zum Himmel, um sich noch ein weiteres, wichtiges Stück Erinnerung an diesen Tag einzuprägen. Auf dem grauen Meer glitt eine Flotte schwarzer Wolken gen Westen und rammte mit dem Bug ein paar weiße Wölkchen, die sofort zerbarsten. Dann kam ein Windstoß, der die Bäume schüttelte, und das Wasser aus der Dachrinne tropfte auf den Kies.

Sein Herz klopfte, die Lippen waren auf einmal spröde. Durch die Tür hörte er die Melodie von *Over the Rainbow*. Das war die erste Schallplatte, die er Fulvia geschenkt hatte. Nach diesem Kauf hatte er drei Tage lang nichts zu rauchen. Seine Mutter war Witwe und gab ihm täglich eine Lira, die setzte er ausschließlich in Zigaretten um. An dem Tag, als er ihr die Platte gebracht hatte, spielten sie sie achtundzwanzigmal. »Gefällt sie dir?« fragte er verkrampft, und sein Gesicht war vor Angst finster, denn eigentlich hätte er fragen wollen: »Magst du sie gern?«

»Du siehst doch, daß ich sie wieder auflege«, hatte sie gesagt. Und dann: »Ich finde sie wunderbar. Wenn sie zu Ende ist, hat man das Gefühl, daß wirklich etwas zu Ende ist.« Und, ein paar Wochen später: »Fulvia, hast du eigentlich ein Lieblingslied?«

»Nicht, daß ich wüßte. Es gibt so drei oder vier Lieder.«

»Ist es nicht...?«

»Vielleicht, eigentlich nein! Es ist ganz reizend, ich mag's auch wahnsinnig gern, aber außerdem hab ich noch drei oder vier andere.«

Die Frau kam, unter ihrem Schritt knarrte das Parkett ungewohnt laut, mißgünstig und boshaft. Als ob es ihm ärgerlich wäre, aus der Ruhe gebracht zu werden, fuhr es Milton durch den Sinn. Rasch trat er unter die Pergola und streifte die lehmverschmierten Schuhe an der Treppenkante ab. Er hörte, wie die Frau den Lichtschalter anknipste und sich am Türschloß zu schaffen machte. Er hatte die Schuhe noch nicht sauber.

Die Tür öffnete sich einen Spalt breit. »Kommen Sie, kommen Sie 'rein, wie Sie sind. Rasch!«

»Das Parkett...«

»Ach, das Parkett!« erwiderte sie resigniert. Aber sie ließ ihn gewähren und sagte: »Es hat schon so viel geregnet, und der Bauer sagt, daß es noch mehr regnen wird. Mein Lebtag hab ich noch keinen so verregneten November gesehen. Wie kriegt ihr Partisanen bloß eure Sachen trocken, wo ihr doch dauernd im Freien seid?«

»Am Leib«, antwortete Milton. Er hatte noch nicht gewagt, einen Blick hineinzuwerfen.

»Jetzt reicht's. Kommen Sie. Kommen Sie 'rein, wie Sie sind.« Die Frau hatte nur eine Birne in der Deckenlampe eingeschaltet. Das Licht fiel matt auf den Tisch mit der Intarsienarbeit, und im Schatten ringsum leuchteten die weißen Schonbezüge von Sesseln und Sofa gespenstisch auf.

»Man könnte meinen, man sei in einer Grabkammer.«

Er lachte etwas albern. Er konnte ihr wirklich nicht sagen, daß dies für ihn der strahlendste Platz auf der ganzen Welt war, daß er für ihn nur Leben oder Auferstehung bedeutete.

»Ich fürchte...«, sagte die Frau bedächtig.

Er beachtete sie nicht, vielleicht hörte er sie gar nicht, er sah Fulvia in ihrer Lieblingsecke auf dem Sofa zusammengekauert, den Kopf leicht nach hinten geneigt, so daß einer ihrer Zöpfe ins Leere hing, glänzend und schwer. Und er sah sich selbst wieder in der entgegengesetzten Ecke sitzen, die langen, hageren Beine weit ausgestreckt, wie er auf sie einredete, stundenlang, und sie so aufmerksam zuhörte, daß sie kaum atmete, den Blick fast stets von ihm abgewandt. Ihre Augen waren von Tränen verschleiert. Und wenn sie die Tränen nicht mehr zurückhalten konnte, wandte sie den Kopf mit einem Ruck zur Seite, wehrte sich, begehrte auf.

»Schluß jetzt. Sag nichts mehr. Du bringst mich zum Weinen. Deine schönen Worte taugen zu nichts anderem, als mich zum Weinen zu bringen, nur das bringen sie fertig. Du bist böse. Du suchst dir solche Themen und sprichst darüber nur, um mich weinen zu sehen. Nein, böse bist du nicht. Aber traurig bist du. Schlimmer als traurig, schwermütig bist du. Wenn du wenigstens auch weinen würdest. Du bist traurig und häßlich. Ich will nicht traurig werden wie du. Ich bin schön, und ich bin lustig. Ich war lustig.«

»Ich fürchte, daß Fulvia nach Kriegsende nie mehr hierherkommt«, sagte die Frau.

»Sie wird wiederkommen.«

»Es sollte mich freuen, aber ich glaube nicht daran. Gleich nach Kriegsende wird ihr Vater die Villa wieder verkaufen. Er hat sie nur für Fulvia gekauft, um sie hier in Sicherheit zu bringen. Er hätte sie längst wieder verkauft, wenn es heutzutage in dieser Gegend Käufer gäbe. Nein, ich fürchte, daß wir sie hier auf diesen Hügeln nie wiedersehen. Fulvia wird ans Meer gehen, wie jeden Sommer vor dem Krieg. Sie ist ja ganz versessen aufs Meer, und ich habe sie so oft von Alassio sprechen hören. Waren Sie schon mal in Alassio?«

Er war nie dort gewesen und mißtraute diesem Ort, und im selben Augenblick haßte er ihn, wünschte, der Krieg möge ihn so zurichten, daß Fulvia nie mehr hingehen oder sich auch nur nach ihm sehnen würde.

»Fulvias Familie hat ein Haus in Alassio. Wenn sie traurig war oder alles satt hatte, sprach sie immer vom Meer und von Alassio.«

»Ich sage Ihnen, sie kommt wieder.«

Er trat zum Tischchen, das an der Wand neben dem Kamin lehnte, beugte sich etwas vor und zeichnete mit dem Finger die Umrisse von Fulvias Grammophon nach. *Over the Rainbow, Deep Purple, Covering the Waterfront,* die Klaviersonaten von Charlie Khuntz und *Over the Rainbow, Over the Rainbow, Over the Rainbow.*

»Wie oft hat dieses Grammophon gespielt«, sagte die Frau.

»Ja.«

»Hier ist viel getanzt worden, zu viel. Dabei war Tanzen streng verboten, auch im Familienkreis. Wissen Sie noch, wie oft ich 'reinkommen mußte, Sie sollten leiser sein, weil man es draußen den halben Hügel hinunter hörte?«

»Ja, ich weiß.«

»Aber Sie haben nie getanzt. Oder irre ich mich?«

Nein, er nicht. Er hatte es nie versucht, auch nicht, um es zu lernen. Er schaute den andern zu, Fulvia und ihrem Partner, wechselte die Platten, zog das Grammophon auf. Er war der Maschinenmeister. Der Ausdruck stammte von Fulvia. »Aufwachen, Maschinenmeister! Es lebe der Maschinenmeister!« Ihre Stimme war nicht sonderlich angenehm, doch ihr zuliebe hätte er in Kauf genommen, für alle anderen Stimmen taub zu sein. Besonders häufig tanzte Fulvia mit Giorgio Clerici, sie tanzten manchmal fünf oder sechs Platten lang, und trennten sich auch zwischendurch kaum. Giorgio war der hübscheste Junge in Alba, auch der reichste und daher der eleganteste. Kein Mädchen aus Alba war ihm ebenbürtig. Dann war Fulvia aus Turin gekommen, und sie ergaben ein vollkommenes Paar. Er war blond und sie mahagonibraun. Fulvia war begeistert von Giorgios Tanzkünsten. »*He dances divinely*«, verkündete sie, und Giorgio sagte von ihr: »Sie... sie ist unbeschreiblich«, und, zu Milton gewandt: »Nicht einmal du, wortgewaltig wie du bist, könntest zum Ausdruck bringen...« Milton lächelte ihm zu, stumm, ruhig, sicher fast mitleidig. Beim Tanzen redeten sie nie miteinander. Mochte Giorgio nur mit Fulvia tanzen, mochte er das wenige tun, wozu er imstande war. Ein einziges Mal nur war er ärgerlich geworden, damals, als Fulvia vergessen hatte, *Over the Rainbow* aus der Liste der Tänze zu streichen. Er sagte es ihr in einer Tanzpause, sie senkte gleich die Augen und murmelte: »Du hast recht.«

Doch eines Tages, als sie allein waren, zog Fulvia eigenhändig das Grammophon auf und legte *Over the Rainbow* auf die Scheibe. »Komm, tanz mit mir!« »Nein!« hatte er gesagt, vielleicht sogar geschrien. »Du mußt es lernen, unbedingt. Mit mir, für mich. Los!«

»Ich will nicht... mit dir!«

Aber sie hatte ihn schon gefaßt und zog ihn auf die freie Fläche und tanzte.

»Nein!« protestierte er, war aber so verwirrt, daß er nicht einmal versuchte, sich loszumachen. »Und schon gar nicht zu diesem Lied!« Doch sie ließ ihn nicht los, und er mußte aufpassen, um nicht zu stolpern und auf sie zu fallen.

»Du mußt«, sagte sie. »Ich will es. Ich will mit dir tanzen, verstehst du? Ich hab's satt, dauernd mit Jungen zu tanzen, die mir gleichgültig sind. Ich halte es nicht mehr aus, nie mit dir zu tanzen.« Doch gerade als Milton nachgab, ließ sie ihn los und stieß ihn heftig von sich. »Hau doch ab und krepier in Libyen!« sagte sie und ging zum Sofa zurück. »Ein Nilpferd bist du, ein schwerfälliges, mageres Nilpferd.«

Aber schon einen Augenblick später fühlte er Fulvias Hand über seine Schulter streichen und ihren Atem auf seinem Nacken. »Du müßtest wirklich mehr auf deine Haltung achten. Du hältst dich zu krumm. Wirklich. Mach die Schultern gerade. Laß sie sehen, verstehst du? Und jetzt setzen wir uns wieder hin und du erzählst mir was.«

Er ging zum Bücherschrank, vom matten Glanz der Scheiben angezogen. Er hatte schon gesehen, daß der Schrank fast leer war und höchstens zehn vergessene, geopferte Bücher enthielt. Er beugte sich über die Regale, richtete sich aber sofort wieder auf, als hätte man ihm einen Fausthieb in die Magengrube versetzt. Er war blaß geworden, sein Atem stockte. Unter den wenigen zurückgelassenen Büchern hatte er die italienische Ausgabe *Tess of the D'Urberville* entdeckt. Er hatte sie Fulvia damals geschenkt und war anschließend vierzehn Tage lang völlig blank gewesen.

»Wer hat denn die Bücher ausgesucht, die hierbleiben sollten? War das Fulvia?«

»Ja.«

»Sind Sie ganz sicher?«

»Aber natürlich«, sagte die Frau, »nur sie interessierte sich für die Bücher. Sie hat sie selbst ausgeräumt und verpackt. Aber am meisten lag ihr doch am Grammophon und an den Platten. Ein paar Bücher hat sie dagelassen, wie Sie sehen, aber keine einzige Platte.«

Im Türrahmen erschien Ivans Kopf. Rund, blaß und fremd wie der Mond.

»Was gibt's?« fragte Milton. »Kommen sie 'rauf?«

»Nein, aber wir müssen fort. Es ist höchste Zeit.«

»Zwei Minuten noch.«

Mit einer Grimasse und einem Seufzer zog Ivan den Kopf zurück.

»Gönnen auch Sie mir noch die zwei Minuten. Ich werde nie wieder stören, vor Kriegsende komme ich nicht mehr her.«

Die Frau breitete die Arme aus. »Aber bitte. Hauptsache, es wird nicht gefährlich. Ich kann mich noch genau an Sie erinnern. Haben Sie gemerkt, wie ich Sie gleich wiedererkannt habe? Und ich will Ihnen sagen... damals hab ich mich immer gefreut, wenn Sie das Fräulein besuchten. Über Sie mehr als über alle andern. Über Sie mehr als über Herrn Clerici, wenn ich ehrlich sein soll. Herrn Clerici hab ich übrigens nie wieder gesehen. Ist er auch Partisan?«

»Ja, wir sind zusammen. Wir waren bisher immer zusammen, aber ich wurde vor kurzem zu einer anderen Brigade versetzt. Aber warum sagen Sie, daß Sie mich lieber gesehen haben als Giorgio? Als Besuch, meine ich.«

Die Frau zögerte, machte eine Geste, wie um das eben Gesagte auszulöschen oder wenigstens abzuschwächen, aber »sagen Sie, so sagen Sie's doch!« bat Milton, und alle Sehnen seines Körpers spannten sich.

»Werden Sie's auch nicht Herrn Clerici weitererzählen, wenn Sie ihn sehen?«

»Was denken Sie von mir?«

»Herr Clerici«, sagte sie, »hat mir Sorge und Ärger gemacht. Ich sag Ihnen das, weil ich Sie achte, Sie sind ein junger Mann mit einem ernsthaften Gesicht, und ich muß Ihnen sagen, daß ich noch nie einen jungen Mann mit so ernstem Gesicht gesehen habe. Sie verstehen mich doch. Ich hatte ja nichts oder nur wenig zu sagen, ich war ja bloß Hausmeisterin in der Villa, aber als Fulvias Mama sie herbrachte, hat sie mich gebeten, hat sie mir ans Herz gelegt...«

»Ein bißchen die Gouvernante zu spielen«, half Milton ihr weiter.

»Ja, wenn das Wort nicht zu stark ist. Ich sollte ein bißchen auf das Mädchen aufpassen. Sie verstehen mich schon. Bei Ihnen war ich ruhig, ganz ruhig. Sie haben immer nur gesprochen, stundenlang. Oder richtiger, Sie haben geredet, und Fulvia hat zugehört. Nicht wahr?«

»Doch, das ist wahr.«

»Bei Giorgio Clerici aber...«

»Ja?« fragte er, und sein Mund war ganz trocken geworden.

»Zuletzt, im letzten Sommer, meine ich, im Sommer dreiundvierzig waren Sie doch Soldat, wenn ich mich recht erinnere.«

»Ja.«

»Zuletzt kam er allzu oft und fast immer abends. Ehrlich gesagt waren mir diese Besuche gar nicht recht. Er kam jedesmal mit dem Taxi. Wissen Sie noch, das immer vor dem Bürgermeisteramt stand?

Das schöne und schwarze Auto, das später den komischen Holzvergaser bekam?«

»Ja.«

Die Frau schüttelte den Kopf. »Die beiden hab ich nie reden hören. Ich lauschte, ich schäme mich nicht, es zu sagen, ich lauschte aus Pflichtgefühl. Aber da blieb es immer still, als ob sie überhaupt nicht drinnen gewesen wären. Und ich war sehr unruhig. Aber sagen Sie das bitte Ihrem Freund nicht weiter. Es wurde spät, mit jedem Mal später. Wenn sie bloß immer hier draußen unter den Kirschbäumen geblieben wären, hätte ich mir nicht so viel Gedanken gemacht. Aber dann fingen sie mit den Spaziergängen an. Sie gingen zum Gipfel des Hügels.«

»In welche Richtung denn?«

»Wie? Ja, eigentlich überallhin, meistens aber gegen den Fluß zu. Wissen Sie, da, wo der Hügel sich zum Fluß hinunterzieht.«

»Schon gut.«

»Ich blieb natürlich auf und wartete auf sie, aber sie kamen jedesmal später nach Hause.«

»Um wieviel Uhr?«

»Manchmal erst gegen Mitternacht. Ich hätte Fulvia etwas sagen sollen.«

Milton schüttelte heftig den Kopf.

»Doch, das hätte ich«, sagte die Frau, »aber ich fand nie den Mut dazu. Ich war zu schüchtern, auch wenn sie dem Alter nach meine Tochter hätte sein können. Bis sie dann eines Abends, nein, nachts, allein nach Haus kam. Ich hab nie herausgekriegt, warum

Giorgio sie nicht nach Haus gebracht hat. Es war schon sehr spät, nach Mitternacht. Auf dem Hügel zirpte keine Grille mehr, das weiß ich noch.«

»Milton!« rief Ivan draußen.

Er drehte sich nicht einmal um. »Und dann?«

»Was und dann?« fragte die Frau.

»Was war mit Fulvia und... ihm?«

»Giorgio ließ sich nicht mehr in der Villa blicken. Aber sie trafen sich heimlich. Er wartete etwa fünfzig Meter weiter unten auf sie, an die Hecke gedrückt, damit man ihn nicht sehen sollte. Aber ich hab aufgepaßt und hab ihn doch gesehen, die blonden Haare haben ihn verraten. In jenen Nächten schien der Mond, als ob er platzen wollte.

»Und wie lange hat das gedauert?«

»Ach, bis Anfang September im vorigen Jahr. Dann kam das Durcheinander mit dem Waffenstillstand und den Deutschen. Und dann wurde Fulvia von ihrem Vater abgeholt. Und ich war froh, obwohl ich sie so ins Herz geschlossen hatte. Ich war in einer heiklen Lage. Ich sage ja nicht, daß sie was Schlechtes getan haben...«

Da stand er und zitterte wie Espenlaub in seiner durchnäßten Uniform, der Karabiner tanzte auf seiner Schulter, sein Gesicht war grau, der Mund halb offen und die Zunge dick und ausgedörrt. Er täuschte einen Hustenanfall vor, um Zeit zu gewinnen.

»Sagen Sie mir genau, wann Fulvia abgereist ist.«

»Am zwölften September. Ihr Vater hatte eingesehen, daß es hier auf dem Lande viel gefährlicher werden konnte als in der Großstadt.«

»Am zwölften September«, wiederholte Milton. Und er, wo war er am zwölften September 1943 gewesen? Nur unter größter Anstrengung konnte er sich erinnern. In Livorno, in der Bahnhofstoilette eingesperrt, seit drei Tagen mit leerem Magen, jämmerlich ausstaffiert mit zusammengebettelten Sachen. Halb ohnmächtig vor Hunger und vom Latrinengestank war er auf den Gang hinausgetreten und auf einen Lokomotivführer gestoßen, der sich gerade die Hose zuknöpfte. »Woher kommst du, Soldat?« flüsterte er. »Rom.« – »Und wo bist du zu Hause?« – »Piemont.« – »Turin?« – »Umgebung.« – Schön, ich kann dich bis Genua mitnehmen. In einer halben Stunde fahren wir, aber ich will dich lieber gleich im Tender verstekken. Ist dir doch egal, ob du nachher wie ein Kaminkehrer aussiehst?«

»Milton!« rief Ivan wieder, wenn auch nicht mehr so drängend wie vorhin. Die Frau schrak zusammen.

»Wissen Sie, es ist wirklich besser, wenn Sie jetzt gehen. Ich bekomm's sonst mit der Angst.«

Mechanisch drehte Milton sich um und ging auf die Tür zu. Er konnte jetzt nichts sagen, doch er wußte, daß er sich anständig von der Frau verabschieden mußte. Er schloß die Augen und sagte: »Sie waren sehr freundlich. Und mutig. Danke für alles.«

»Nichts zu danken. Ich habe mich gefreut, Sie wiederzusehen, wenn auch mit lauter Waffen behängt.«

Milton warf noch einen letzten Blick auf Fulvias Zimmer. Er war gekommen, um hier Kraft zu finden, und er ging leer und zerstört wieder fort.

»Nochmals vielen Dank. Für alles. Und schließen Sie gleich wieder ab.«

»Es ist sehr gefährlich für euch, nicht wahr?« fragte die Frau noch.

»Nein, es geht«, erwiderte er und rückte den Karabiner zurecht. »Bis jetzt haben wir Glück gehabt. Viel Glück.«

»Hoffentlich bleibt das so. Und... es ist doch sicher, daß ihr eines Tages siegen werdet?«

»Das ist sicher«, antwortete er, weiß wie ein Leichentuch, und rannte über den Weg mit den Kirschbäumen an Ivan vorbei.

3

Gegen sechs Uhr kehrten sie nach Treiso zurück. Die Straße verschwamm unter ihren Füßen, und die letzte Helligkeit schien von den grauen Nebelmassen aufgesogen zu werden, die der Regen an den Hängen festhielt.

Immerhin erkannte der Wachposten sie schon von weitem, rief sie beim Namen und huschte ihnen unter dem Schlagbaum der Sperre hindurch entgegen. Es war ein kleiner Junge namens Gilera, noch nicht einmal fünfzehn, dick und stämmig, kaum größer als sein Gewehr.

Sie waren wieder da. Es schlug sechs vom Glockenturm, für Milton klang es diesmal anders als sonst. Sie waren wieder da. In der Feuchtigkeit stanken die Ställe wie noch nie, und auf der Straße lösten sich die Kuhfladen in gelbliche Rinnsale auf. Sie waren wieder da. Milton war Ivan um dreißig Meter voraus, und immer noch lief er mit weitausholenden, schnellen Schritten, während Ivan vor Erschöpfung torkelte.

»Milton«, fragte Gilera, »was habt ihr denn Interessantes in Alba gesehen?« Er ging ohne eine Antwort an ihm vorbei und lief zur Volksschule mitten im Dorf, wo Leo sein mußte, der Brigadekommandeur.

»Gilera«, keuchte Ivan, »weißt du, was es zum Abendessen gibt?«

»Ich hab mich schon erkundigt, Fleisch gibt's und eine Handvoll Haselnüsse. Das Brot ist von gestern.«

Ivan überquerte die Straße und ließ sich auf den Klotz fallen, der am Häuschen mit der Dorfwaage stand. Er lehnte den Kopf gegen die Wand und bewegte ihn hin und her. Der Verputz bröckelte ab und bestäubte seine Haare.

»Was hast du denn, Ivan, warum keuchst du so?«

»Milton ist schuld«, erwiderte Ivan. »Milton ist ein Straßenmörder. Wir sind im Hundertkilometertempo zurückmarschiert.«

Der Junge fragte aufgeregt. »Waren sie hinter euch her?«

»Ach was! Wenn sie hinter uns hergewesen wären, dann wären wir nicht so ausgepumpt, das kann ich dir sagen!«

»Aber warum dann?«

»Laß mich in Ruhe!« gab Ivan mürrisch zurück.

Er hätte diese überstürzte Rückkehr nicht erklären können, ohne von Miltons absonderlichem, verrücktem Benehmen zu berichten. Wenn er Gilera davon erzählte, würde es die Runde durch die ganze Brigade machen und unweigerlich auch Milton zu Ohren kommen, der sich ihn, Ivan, natürlich vorknöpfen würde. Ivan achtete und fürchtete zwar nur wenige Studenten, aber Milton war einer dieser wenigen.

»Was hast du gesagt?« fragte Gilera ungläubig.

»Daß du mich in Ruhe lassen sollst.«

Gilera kehrte beleidigt zum Schlagbaum zurück, und Ivan zündete sich eine englische Zigarette an.

Er war auf einen fürchterlichen Hustenanfall gefaßt, doch der erste Zug ging ihm glatt herunter. »Herrgottssakramentfaschisten!« dachte er. »Was ist bloß in ihn gefahren? Wie ein geölter Blitz kam er aus der Villa geschossen, und wie ein geölter Blitz ist er den ganzen Rückweg gesaust. Und ich hinterher, daß es mir fast die Milz zerrissen hätte, dabei wußte ich überhaupt nicht warum, und seinem Schicksal überlassen konnte ich ihn auch nicht, trotzdem hätte ich ihn laufen lassen und allein zurückkommen sollen, ohne mir die Milz zu ruinieren!«

An den Schlagbaum gelehnt, sah Gilera ihn von der Seite an und stampfte mit dem Fuß auf den Boden.

Ivan wandte den Kopf auf die andere Seite. »Was ist bloß in ihn gefahren? Ich glaube, er ist wahnsinnig geworden, oder mindestens beinahe. Dabei war der Junge immer schwer in Ordnung, sogar kaltblütig. Das kann ich bezeugen. Nie hat er die Nerven verloren, auch nicht, als sogar Leo den Kopf verlor. Ein fabelhafter Kerl. Aber er ist Student, und die Studenten sind alle ein bißchen übergeschnappt. Da haben wir einfachen Leute unsere fünf Sinne doch besser beisammen.«

Ein Windstoß fegte vorbei, und vereinzelt fielen dicke Tropfen.

»Jetzt regnet es schon wieder«, sagte Ivan laut.

Gilera gab keine Antwort.

»Ich komme mir vor wie ein Pilz«, fuhr Ivan fort. »Ehrenwort, ich merke schon, wie sich der Schimmel an mir festsetzt.«

Gilera zuckte die Achseln und sah den Abhang hinunter. In diesem Augenblick hörte es auf zu tröpfeln.

Ivan hing wieder seinen Gedanken nach und rauchte hastig die Zigarette zu Ende, ehe sie ihm zwischen den Fingern zerbröselte. »Ich weiß nicht, was in ihn gefahren ist, was er in dieser Villa gesehen oder gehört hat. Wer weiß, was die Alte ihm erzählt hat.« Er warf die Kippe weg, dann kratzte er sich heftig und lange am Kopf hinter den Ohren. »Diese verdammte Alte! Was mag sie ihm bloß erzählt haben? Das hätte sie nicht tun sollen, ausgerechnet jetzt, wo wir so viel durchmachen. Wer weiß, was sie ihm gesagt hat! Man könnte fast glauben, daß es sich um ein Mädchen dreht«, er lachte ungläubig und verächtlich vor sich hin. »Ist ja auch gerade die passende Zeit und der passende Ort, wegen einem Mädchen den Kopf zu verlieren! Ein ernsthafter Partisan wie Milton! Die Mädchen! Heutzutage! Zum Lachen! Widerlich sind sie und können einem leid tun! Aber bestimmt hängt es irgendwie mit seinem früheren Leben zusammen, dabei schadet es nur, wenn man an solche Sachen denkt. Bei dem Leben und dem Handwerk, das wir betreiben, kommt man da schnell in eine Krise. Die Dinge von früher sind für nachher, für nach dem Krieg!«

»Der Wind!« sagte Gilera ruhig, er war schon nicht mehr böse.

»Ja«, erwiderte Ivan, in seiner Stimme schwang fast etwas Dankbarkeit, er kauerte sich auf seinem Klotz zusammen, die Arme verschränkt, die Hände auf den Schultern.

Von Alba zog der Wind herüber.

»Da war aber noch die andere, schlimmere Geschichte«, dachte Ivan, »die unterminierte Brücke von San Rocco.« Wäre Milton nicht um ein Haar daraufgerannt, durcheinander wie er war? Daß die Brücke unterminiert war, wußten doch sogar die Steine und Pflanzen. Kurz vor dem Dorf war Ivan etwa hundert Meter hinter Milton zurückgeblieben und hatte ihn nach der Böschung aus den Augen verloren. Ganz zufällig war Ivan die Brücke eingefallen, und da war er, obwohl es ihm die Milz fast zerrissen hätte, mit einem Anlauf die Böschung hinaufgestürmt und hatte gerade noch rechtzeitig gesehen, wie Milton mit dem unaufhaltsamen, blinden Schritt eines Roboters zur Brücke hinunterging. Er war nur noch zwanzig Meter vom Brückendamm entfernt. Er rief Milton beim Namen, aber er drehte sich nicht um. Dann stieß er nur noch unartikulierte Schreie aus, und diesmal konnte man ihn gewiß bis zum gegenüberliegenden Hügel hören. Milton war mit einem Ruck stehengeblieben, als hätte ihn eine Kugel im Rücken getroffen. Er drehte sich langsam um. Ivan stand hochaufgerichtet auf der Böschung, deutete zwei- oder dreimal auf die kleine Brücke und tippte dann mit der Hand auf seine Stirn. Die Brücke ist unterminiert, war er denn wahnsinnig? Endlich nickte Milton, stieg unterhalb der Brücke weiter hinab und überquerte den Wildbach auf einigen Steinblöcken. Und dann, hatte er etwa aus Dankbarkeit auf ihn gewartet? Gleich nachdem er den Bach überquert hatte, raste er weiter, und Ivan hätte nicht übel Lust gehabt, ihm eine Feuergarbe aus dem *Sten* hinterherzuschicken.

Ivan erhob sich von seinem Klotz, legte die Hände an den Hosenboden und merkte, daß die Hose nicht nur ausgebürstet, sondern ausgewrungen werden müßte. Er horchte zum Dorf hinüber und fragte dann: »Warum ist es so totenstill? Gilera, wo sind die andern alle?« »Fast alle sind zum Fluß hinunter«, antwortete der Junge ärgerlich. »Sie sagen, er sei so gestiegen, daß man sich das ansehen muß.«

»Das ist übertrieben. Milton und ich haben ihn vor zwei Stunden in Alba gesehen. Er ist zwar gestiegen, aber viel zu sehen gibt es dabei nicht.«

»Hier ist er schmaler, darum sieht's wahrscheinlich noch mehr nach Hochwasser aus.«

»Damit wir uns recht verstehen«, sagte Ivan. »Ich habe durchaus nichts gegen Hochwasser. Soll er doch über die Ufer treten! Dann haben wir wenigstens von einer Seite Ruhe!«

Man hörte eilige Schritte, die sich näherten und gleich danach verhielten, oben auf der kleinen Böschung erschien Milton. Ein Windstoß traf ihn mit voller Wucht, seine durchnäßte Uniform hing schlaff an ihm herunter. Er fragte nach Leo, auf der Kommandantur hatte er ihn nicht gefunden

»Den ganzen Nachmittag ist er dagewesen«, antwortete Gilera. »Aber was weiß ich? Wahrscheinlich ist er zum Arzt in die Wohnung gegangen, um Radio London zu hören. Ja, versuch's doch mal beim Arzt!«

Unterwegs rechnete Milton sich Stunde und Dauer der Sendung aus und kam zu dem Schluß, daß Leo die Arztwohnung schon wieder verlassen haben mußte; also begab er sich schnurstracks wieder zur Kommandantur.

Tatsächlich war Leo eben zurückgekommen, hatte die Karbidlampe angezündet und regulierte die Flamme. Er stand hinter dem Katheder, dem einzigen Möbelstück, das an seinem Platz geblieben war, die Bänke hatte man in den Ecken aufgestapelt.

Milton blieb an der Schwelle stehen und hielt sich am Rand des Lichtscheins.

»Leo, du mußt mir für morgen Urlaub geben. Einen halben Tag Urlaub.«

»Wohin willst du denn?«

»Bloß mal rasch nach Mango.«

Leo schraubte das Licht heller. Jetzt ragten ihre beiden Schatten bis zur Taille an die Decke.

»Sag mal, hat dich am Ende das Heimweh nach deiner alten Brigade gepackt? Du wirst doch nicht auf die Idee gekommen sein, mich mit dieser Mannschaft von Minderjährigen allein zu lassen?«

»Keine Angst, Leo. Ich hab's dir ja schon gesagt; ich kann dir Brief und Siegel drauf geben, daß ich bei dir bleibe, bis dieser Krieg vorbei ist. Das versprech ich dir. Ich will nur auf einen Sprung nach Mango, um mit einem zu reden.«

»Kenn ich ihn?«

»Es ist Giorgio. Giorgio Clerici.«

»Ach so. Ihr seid sehr gute Freunde, du und Giorgio.«

»Wir waren sozusagen von Geburt an zusammen«, stieß Milton zwischen den Zähnen hervor. »Also, läßt du mich gehen? Zu Mittag bin ich wieder hier.«

»Du kannst ruhig erst abends kommen. Morgen lassen sie uns in unserer eigenen Langeweile schmoren. Ich denke, das wird jetzt noch eine Weile so weitergehen. Wenn sie angreifen, tun sie das auf der Seite der Roten. Einmal sind sie dran, einmal wir. Das letztemal haben wir die Prügel abgekriegt.«

»Morgen mittag bin ich wieder zurück«, beharrte Milton, als sei er in seiner Ehre gekränkt und schickte sich zum Gehen an.

»Moment mal. Was gibt's Neues in Alba? Nichts?«

»Eigentlich hab ich nichts gesehen«, antwortete Milton, ohne noch einmal näherzutreten. »Alles in allem hab ich eine einzige Patrouille auf der Ringstraße gesehen.«

»Wo genau?«

»In der Höhe des bischöflichen Parks.«

»Aha.« Leos Augen leuchteten vor der Acetylenflamme weiß auf. »Aha. Und wohin gingen sie? Zum Neuen Platz oder zur Elektrozentrale?«

»Zur Elektrozentrale.«

»Aha«, sagte Leo bitter. »Das ist nicht kleinlich von mir, Milton, sondern purer Masochismus. Ich bin in Alba ganz verliebt. Ich muß dauernd an die Stadt denken; sie ist der Schwerpunkt meiner Brigade... ja, wenn du nichts dagegen hast, ich bin restlos verliebt in deine Stadt und, verdammt noch mal, ich muß wissen, wo, wann und wie man ihr Gewalt antut. Aber was ist denn mit dir? Neuralgie?«

»Ach was, Neuralgie!« fuhr Milton auf. Sein Gesicht hatte sich zu einer schmerzlichen Grimasse verzogen.

»Ein Gesicht machst du! Viele von uns haben jetzt unter Zahnweh zu leiden. Das kommt von dieser schrecklichen Feuchtigkeit. Was hast du sonst noch gesehen? Hast du einen Blick auf den neuen Bunker von Porta Cherasca geworfen?«

Und Milton dachte: »Das halte ich nicht mehr aus! Wenn er mir noch mehr Fragen stellt, dann... dann...! Und dabei ist es Leo! Leo! Wenn ich erst an die andern denke! Mir ist alles auf einmal restlos egal. Alles: der Krieg, die Freiheit, die Kameraden, der Feind. Nur das eine nicht!«

»Der Bunker, Milton!«

»Ich hab ihn gesehen«, keuchte er.

»Dann berichte mir davon!«

»Er scheint mir sehr geschickt angelegt. Er beherrscht nicht nur die Landstraße, sondern kann auch das offene Feld zum Fluß hin unter Feuer nehmen. Du kannst es dir sicher vorstellen, in Richtung auf das Sägewerk und den Tennisplatz.«

Dort hatten Fulvia und Giorgio zusammen Tennis gespielt, immer im Einzel. Weiß wie Engel hoben sie sich von der roten Fläche ab, die Giorgio vor ihrem Spiel stets mit besonderer Sorgfalt walzen und sprengen ließ. Er, Milton, saß unterdessen auf der Bank und vergaß und verwechselte die Punktzahl, obwohl

Fulvia ihm befohlen hatte, sie sich zu merken. Er saß unbequem, wechselte ununterbrochen die Stellung seiner langen Beine, hielt die Fäuste in den Hosentaschen geballt, um die flachen Schenkel zu verbergen, ohne Geld, um sich ein Getränk zu leisten und sich trinkend Haltung zu geben, nur noch eine einzige Zigarette, die aufgespart werden mußte, in der Tasche ein Zettel mit der Übertragung eines Gedichts von Yeats: »*When you are old and gray and full of sleep…*«

»Ist dir nicht gut?« fragte Leo mit einer Geduld, die einem auf die Nerven gehen konnte. »Ich hab dich gefragt, ob du jemals Tennis gespielt hast.«

»Nein, nein«, antwortete er hastig. »Zu teuer. Ich hatte das Gefühl, daß es mir Spaß machen würde, aber es war eben zu teuer. Allein der Schläger kostete ein Vermögen. So hab ich mich auf Basketball verlegt.«

»Ein herrlicher Sport«, meinte Leo. »Ganz angelsächsisch. Milton, ist dir damals nie der Gedanke gekommen, daß ein Basketballspieler unmöglich Faschist sein kann?«

»Ja, stimmt. Jetzt, wo du mich drauf bringst.«

»Und du, warst du ein guter Basketballspieler?«

»Na… es geht.«

Endlich war Leo zufrieden. Milton ging wieder zur Tür und sagte noch einmal, er sei mittags wieder zurück.

»Du brauchst erst abends zu kommen«, erwiderte Leo.

»Ach so, vielleicht interessiert es dich, daß ich heute dreißig Jahre geworden bin.«

»Das ist ein Rekord.«

»Du meinst wohl, daß ich ein schändlich hohes Alter erreicht habe, wenn ich morgen krepiere.«

»Es ist wirklich ein Rekord. Deshalb wünsche ich dir auch nichts, sondern gratuliere nur.«

Draußen war der Wind abgeflaut. Die Bäume ächzten und tropften nicht mehr, das Laub raschelte nur noch wenig, es klang wie eine unendlich traurige Musik… »*Somewhere over the rainbow skies are blue, / And the dreams that you dare to dream really do come true.*«

Am Dorfrand bellte ein Hund, doch nur kurz und verängstigt. Ganz plötzlich wurde es dunkel, nur über den Kuppen blieb noch ein Streifen silbrigen Lichts.

Milton wandte sich den Hügeln zu, die zwischen Treiso und Mango lagen, der Weg, den er morgen vorhatte. Sein Blick wurde von einem großen, einsamen Baum angezogen mit einer Krone, die gleichsam eingedrückt war in den Silberstreifen, der nun rasch dunkler wurde. »Wenn es wahr ist, dann ist die Einsamkeit dieses Baumes nichts, verglichen mit meiner Einsamkeit.« Dann wandte er sich mit unfehlbarem Instinkt nach Nordwesten, in Richtung auf Turin, und sagte laut: »Sieh mich an, Fulvia, wie schlecht es mir geht. Sag mir, daß es nicht wahr ist. Es darf nicht wahr sein.«

Morgen jedenfalls würde er Gewißheit haben. Hätte Leo ihn nicht beurlaubt, dann hätte er sich eigenmächtig Urlaub genommen, wäre trotzdem fortgeschlichen, hätte unterwegs alle Wachposten umgangen und verflucht. Hauptsache, daß er es bis morgen aushielt. Dazwischen lag die längste Nacht seines Lebens. Morgen würde er Gewißheit haben. Er konnte nicht länger leben, ohne diese Gewißheit, vor allem konnte er ohne diese Gewißheit nicht sterben, in einer Zeit, wo junge Leute wie er eher zum Sterben als zum Leben berufen waren. Um dieser Gewißheit willen würde er auf alles verzichten, und hätte er die Wahl gehabt, zwischen dieser Gewißheit und der Einsicht in die Geheimnisse der Schöpfung, so hätte er sich für die Gewißheit entschieden.

»Wenn es wahr ist...« Diese Vorstellung war so grauenhaft, daß er die Hände vors Gesicht schlug. Dann spreizte er die Finger, und zwischen ihnen sah er die Schwärze der angebrochenen Nacht.

Alle seine Kameraden waren wieder vom Fluß heraufgestiegen. Sie waren ungewöhnlich ruhig heute abend, es war, als läge einer von ihnen aufgebahrt im Kirchenschiff und sie warteten auf das Begräbnis. Aus ihren Unterkünften hörte man ein Summen von Stimmen, nicht lauter als es aus den Bauernhäusern drang. Der einzige, der die Stimme hob, war der Koch.

Seine Kameraden, diese Jungen, die genauso entschieden hatten wie er, die Partisanen geworden waren wie er, die denselben Anlaß hatten zum Lachen und Weinen... Er schüttelte den Kopf. Heute stand er nicht mehr zur Verfügung, ganz unverhofft, für einen halben Tag oder eine Woche oder einen Monat, so lange, bis er Gewißheit hatte. Danach konnte er vielleicht wieder etwas für seine Kameraden tun, gegen die Faschisten und für die Freiheit.

Er mußte bis morgen aushalten. Heute abend aß er nichts mehr. Er wollte versuchen, gleich zu schlafen, und wenn er sich den Schlaf erzwingen mußte. Gelang ihm das nicht, würde er die ganze Nacht im Dorf herumwandern, von einem Wachposten zum andern gehen, ununterbrochen, sollten sie glauben, daß ein Angriff bevorstünde und ihn mit Fragen überschütten, die ihm auf die Nerven gingen. Ganz gleich, ob er schlafen konnte oder fieberhaft wach sein würde, über dem Aufbruch nach Mango würde allemal der Morgen grauen.

»Die Wahrheit. Eine Partie um die Wahrheit zwischen ihm und mir. Er muß sie mir sagen, ein Todgeweihter dem andern.«

Morgen, wenn er den armen Leo vor einem Angriff im Stich lassen und wenn er mitten durch eine Schwarze Brigade hindurch mußte.

4

Vom Glockenturm in Mango hatte es eben sechs geschlagen. Den Kopf zwischen den Fäusten, saß Milton auf der steinernen Bank vor der Osteria. Drinnen hörte er eine Frau wirtschaften, er meinte sogar, sie gähnen zu hören, breit und ordinär wie ein Mann. Die Dorfbewohner waren alle schon wach, wenn auch Türen und Fenster verrammelt blieben; Milton schnappte angeekelt nach Luft, wenn er an die stickigen Gerüche dachte.

Er hatte von Treiso eine Stunde bis hier herauf gebraucht, unterwegs hatte er unzählige Nebelschwaden durchwatet, kniehoch, die ihm über den Weg liefen. Er war in der Gewißheit aufgewacht, daß der Regen auf das schadhafte Stalldach tropfte, doch es regnete nicht mehr. Dafür war es neblig, der Nebel verstopfte die Täler und breitete sich über den nassen Hängen zu wabernden Leintüchern. Noch nie hatte er solchen Widerwillen gegen diese Hügel empfunden, noch nie waren sie ihm so düster und schlammig erschienen wie jetzt durch die Nebelfenster hindurch. In seiner Vorstellung waren diese Hügel immer nur die natürliche Szenerie für seine Liebe gewesen – über diesen Pfad mit Fulvia zusammen, auf jenen Hügelrücken mit ihr, dies hätte er ihr nach jener Wegbiegung gesagt, hinter der sich so viel Geheimnisvolles verbarg... – statt dessen mußte er hier Krieg führen. Bis gestern hatte er das ertragen können, aber...

Er hörte, daß sich Schritte auf dem Pflaster näherten, doch er hob den Kopf nicht. Gleich danach dröhnte Moros Stimme: »Aber das ist doch Milton! Hast du diesen verdammten Vorposten schon satt? Kommst du wieder zu uns?«

»Nein. Ich bin nur hier, weil ich mit Giorgio reden muß.«

»Er ist draußen.«

»Ich weiß. Der Posten hat's mir gesagt. Wer ist bei ihm?«

Moro zählte sie an den Fingern auf: »Sheriff, Cobra, Meo und Jack. Gestern abend hat Pascal sie als Wache an die Abzweigung nach Manera geschickt. Pascal dachte, daß die Faschisten aus Alba von dieser Seite her anrücken würden. Aber es ist nichts passiert, und die fünf sind sicher schon auf dem Heimweg. Aber ist dir nicht gut? Du siehst ja aus, als hättest du eine Gasvergiftung.«

»Meinst du, du sähest besser aus?«

»Ja, ich weiß«, erwiderte Moro lachend. »Hier werden wir noch alle schwindsüchtig. Gehn wir doch in die Osteria. Du kannst auch drinnen auf Giorgio warten.«

»Die Kälte tut mir gut. Ich hab einen ganz heißen Kopf.«

»Entschuldige, aber ich geh ins Warme.« Moro trat ein, gleich danach hörte Milton, wie er ein Gespräch mit dem Hausmädchen anfing, die Stimme belegt vor Erkältung und Begehrlichkeit.

Ihn schauderte, und er nahm den Kopf wieder zwischen die Hände.

Es war am dritten Oktober 1942. Fulvia war nach Turin zurückgekehrt, für eine Woche vielleicht oder kürzer, jedenfalls war sie fortgefahren.

»Geh nicht fort, Fulvia!«

»Ich muß.«

»Warum denn?«

»Weil ich einen Vater und eine Mutter habe. Oder glaubst du, ich hätte keine?«

»Das ist es ja.«

»Was sagst du?«

»Ich meine, daß ich dich nur allein sehen kann, daß ich mir dich nur allein vorstellen kann.«

»Ich hab aber welche, ich hab Eltern«, prustete sie, »und sie wollen, daß ich mich auch manchmal in Turin blicken lasse. Aber nur manchmal. Ich hab auch zwei Brüder, falls es dich interessiert.«

»Es interessiert mich nicht.«

»Zwei große Brüder«, fuhr sie unbeirrt fort. »Beide beim Militär. Offiziere. Der eine in Rom, der andere in Rußland. Jeden Abend bete ich für sie. Für Italo, der in Rom ist, bete ich nur zum Schein, denn er ist ja auch nur zum Schein im Krieg. Aber für Valerio in Rußland bete ich richtig, so gut ich nur kann.«

Sie sah zu Milton auf, der den Kopf abgewandt hatte und auf den Fluß in der Ferne starrte, graues Wasser zwischen verwaschenen Ufern. »Ich fahr ja nicht über den Ozean«, murmelte sie.

Doch, sie fuhr über den Ozean, da er doch spürte, wie ihm Geier das Herz zerfleischten.

Er und Giorgio Clerici hatten sie zum Bahnhof gebracht. Giorgio sah an diesem Tag noch sauberer aus, ordentlicher als je seit Beginn des Krieges. Der Himmel war von einem durchscheinenden Grau, schöner als das schönste Azurblau, gleichmäßig in seiner Unendlichkeit. Es würde Abend sein, ein düsterer, verräucherter Abend, wenn Fulvia in Turin ausstieg. Wo wohnte sie eigentlich in Turin? Er würde sie nicht danach fragen, auch Giorgio nicht, der bestimmt ihre Adresse kannte. Alles in Turin, was Fulvia betraf, wollte er ignorieren. Ihrer beider Geschichte spielte ausschließlich in der Villa auf dem Hügel von Alba. Giorgio trug einen Anzug mit Schottenmuster, noch aus der Zeit vor der Autarkie; Milton eine umgearbeitete Jacke seines Vaters mit einer Krawatte, die den Knoten nicht hielt. Fulvia war schon in den Zug gestiegen und sah zum Fenster hinaus. Sie lächelte Giorgio ein wenig zu, schüttelte dauernd die Zöpfe. Dann schnitt sie einem dicken Reisenden eine Grimasse, der hinter ihr durch den Gang kam und sie ans Fenster quetschte. Jetzt lachte sie Giorgio an. Auf dem Bahnsteig eilte der Stationsvorsteher zur Lokomotive und schwenkte sein Fähnchen. Das Grau des Himmels war schon etwas unansehnlicher geworden.

Da sagte Fulvia: »Die Engländer werden doch meinen Zug nicht bombardieren?«

Giorgio lachte. »Die Engländer fliegen nur nachts.«

Dann rief Fulvia ihn, Milton, ans Fenster. Sie lächelte nicht und sagte etwas, das Milton mehr von ihren Lippen ablas als verstand. »Wenn ich in die Villa zurückkomme, will ich einen Brief von dir vorfinden.«

»Ja«, erwiderte er, und seine Stimme zitterte bei dem einsilbigen Wort.

»Ich muß ihn vorfinden, verstehst du?«

Der Zug setzte sich in Bewegung, und Milton sah ihm bis zur Kurve nach. Er wollte ihn nach der Brücke noch einmal sehen, die Rauchfahne verfolgen, die über die zahllosen kleinen Pappeln jenseits des Flusses dahinzog, doch Giorgio drängte zum Ausgang. »Gehen wir Billard spielen!« Er ließ sich zum Bahnhof hinausschieben, aber das Billard lehnte er ab, er mußte augenblicklich nach Hause. Er hatte gerade eine Woche Zeit, vielleicht weniger, um Fulvia zu schreiben, daß er sie liebte. Er tastete nach seinem Karabiner, den er an die Wand gelehnt hatte, und richtete sich mühsam auf. Es ging ihm nicht gut. Schüttelfrost überlief ihn, sein Kopf brannte und dröhnte.

Aus einer Seitengasse tauchte der kleine Jim auf und rief ihm zu, Pascal sei soeben zur Kommandantur zurückgekehrt, falls Milton mit Pascal sprechen wolle.

»Nein. Ich habe nur mit Giorgio zu reden.«

»Mit Giorgio, dem Schönen?«

»Ja.«

»Er ist noch draußen.«

»Ich weiß. Ich geh ihm ein Stück entgegen.«

»Entfern dich nicht zu weit vom Dorf«, warnte Jim. »Es ist so neblig, daß man sich verirren kann.«

Er ging die Hauptstraße entlang, quer durch das Dorf, und blickte dabei jede kleine Seitengasse hinunter, um zu sehen, wie es draußen mit dem Nebel stand. Schon die Bäume am Dorfrand waren nur noch Schemen.

An der Ecke des letzten Hauses blieb er mit einem Ruck stehen. Auf dem steinigen Weg hatte er die Schritte von einem halben Dutzend Männer gehört. Es war der unverwechselbare, ausholende, schnelle Schritt junger Partisanen aus der Stadt. Stumm kamen sie den Weg herauf, anscheinend steckte ihnen der Nebel in der Kehle und hinderte sie am Sprechen. Eine furchtbare Erregung packte ihn, er bekam keine Luft mehr und mußte sich ans Hauseck lehnen. Aber es war nicht Giorgios Trupp. Ohne daß er sie gefragt hätte, erklärte einer von ihnen im Vorbeigehen, sie kämen unten vom Friedhof und hätten die Nacht im Haus des Totengräbers zugebracht.

Noch ganz verwirrt, ging er weiter. Er hatte beschlossen, Giorgio draußen an der Verkündigungskapelle zu erwarten. Er würde ihn für einen Augenblick von den vier andern trennen, und …

Die Straße war vom Nebel überflutet, zuweilen gab es Durchblicke und wogende Nebelschwaden. Doch die Täler zu beiden Seiten waren randvoll mit gestampfter Watte, unbeweglich. Der Nebel war auch die Hänge hinaufgekrochen, nur ein paar Kiefern auf der Kuppe ragten hervor, es sah aus wie die Arme Ertrinkender.

Vorsichtig stieg er zur kleinen Kapelle hinab.

Ringsum war alles stumm, nur hie und da piepste ein Vogel in seinem Nest, bedrängt vom Nebel und dem Plätschern der Rinnsale in den Tälern.

Vom Glockenturm in Mago schlug es sieben, ohne Nachhall.

Er lehnte sich an die Mauer der Kapelle und sah erwartungsvoll zum Torretta-Paß hinauf. Er war schon fast vom Nebel blockiert, der aus dem Tal darunter aufstieg. Einige wenige Durchblicke blieben offen, immerhin mußte Giorgios Gruppe innerhalb der nächsten zehn Sekunden eintreffen. Doch sie kamen nicht, und ein neuer Nebelschub löschte den Paß aus.

Er zündete sich eine Zigarette an. Wie lange schon hatte er Fulvia keine Zigarette mehr angezündet? Es lohnte sich schon, heil den Krieg zu durchstehen, nur um Fulvia die Zigarette anzuzünden.

Beim ersten Zug meinte er, die Lunge würde ihm bersten, beim zweiten krümmte er sich, den dritten vertrug er besser und konnte dann die Zigarette fast mit Anstand zu Ende rauchen.

Der Nebel war unterdessen auch über dem Stückchen Straße zusammengeschlagen, schwebte aber noch etwa einen halben Meter über dem Boden. Und in diesem Zwischenraum sah er endlich khakifarbene Beine mühsam daherstapfen. Die Oberkörper und Köpfe waren vom Nebel verhüllt. Er lief mitten auf die Straße, um die Beine, Giorgios Schritt, besser erkennen zu können. Das Herz klopfte ihm bis zum Halse.

Die Oberkörper und Köpfe tauchten aus dem Nebel auf. Sheriff, Meo, Cobra, Jack...

»Und wo ist Giorgio? Ist er nicht bei euch?«

Sheriff war unwillig stehengeblieben. »Natürlich. Er kommt hinterher.«

»Wo hinterher?« fragte Milton und deutete in den Nebel.

»Ein paar Minuten hinter uns.«

»Warum habt ihr ihn abgehängt?«

»Er hat sich selbst abgehängt«, hustete Meo.

»Hättet ihr nicht auf ihn warten können?«

»Schließlich ist er erwachsen«, sagte Cobra, »und den Weg kennt er genauso gut wie wir.«

Und Meo: »Halt uns nicht auf, Milton. Ich krepier vor Hunger. Wenn der Nebel aus Speck wäre...«

»Wartet. Ihr habt gesagt, ein paar Minuten, aber ich seh ihn nicht.«

»Wahrscheinlich hat er haltgemacht«, sagte Sheriff, »um in irgendeinem Haus unterwegs was zu essen. Du weißt doch, wie Giorgio ist. Es ekelt ihn, in Gesellschaft zu essen.«

»Halt uns nicht auf«, wiederholte Meo, »oder wenn du dich unbedingt unterhalten mußt, tun wir's doch wenigstens im Gehen.«

»Sag mir die Wahrheit, Sheriff«, beharrte Milton und rührte sich nicht von der Stelle. »Habt ihr mit Giorgio Streit gehabt?«

»Ach was!« erwiderte Jack, der bisher noch kein Wort gesagt hatte.

»Ach was!« pflichtete Sheriff ihm bei, »wenn Giorgio auch nicht gerade unser Fall ist. Er hält sich für was extra Feines, von solchen Leuten hab ich schon in der verfluchten Armee genug gehabt.«

»Hier sind wir alle gleich«, fuhr Cobra dazwischen. »Hier haben die feinen Herrchen nichts zu sagen. Und wenn sie sich einbilden, sie hätten auch was zu sagen, wie in der Armee..«

»Ich krepier vor Hunger«, murrte Meo und lief mit gesenktem Kopf an Milton vorbei.

»Komm mit«, forderte Sheriff ihn auf. »Du kannst genausogut im Dorf auf ihn warten.«

»Ich warte lieber hier.«

»Wie du willst. Du wirst sehen, in höchstens zehn Minuten ist er da.«

Milton hielt ihn noch einmal zurück. »Wie ist's mit dem Nebel dort hinten?«

»Scheußlich. Ich will nachher im Dorf wirklich mal einen alten Mann fragen, ob er so was schon je gesehen hat. Grauenhaft. An einer Stelle hab ich überhaupt nichts mehr von der Straße gesehen, auch wenn ich mich bückte, und nicht mal mehr meine Füße. Aber es ist nicht gefährlich, weil die Straße nicht am Abhang entlangführt. Eins jedenfalls sag ich dir, Milton, hätte dein Freund gerufen, so hätte ich auf ihn gewartet und auch meine Leute warten lassen. Aber er hat nicht gerufen, und da wußte ich, daß er wie gewöhnlich seinen Kram allein machen wollte. Du weißt ja, wie Giorgio ist.«

Und schon waren alle vier im Nebel verschwunden. Er stieg wieder hinauf und lehnte sich an die Mauer der Kapelle. Er zündete sich eine zweite Zigarette an, und während er rauchte, behielt er den Zwischenraum zwischen Straße und Nebelfläche im Auge. Nach einer halben Stunde kletterte er wieder zur Straße hinab und ging langsam auf den Torretta-Paß zu.

Sheriff hatte recht, Giorgio hatte sich bestimmt den Nebel zunutze gemacht, um allein zu sein. Er war unbeliebt wegen seiner Eigenbrötelei, wegen seiner Unkameradschaftlichkeit. Er verlor keine Gelegenheit, ja, er suchte sie geradezu, um sich abzusondern, nichts wollte er mit den andern teilen, nicht einmal seine Körperwärme. Allein schlafen, allein essen, heimlich rauchen in Zeiten, wo der Tabak knapp war, Körperpuder benutzen... Milton biß sich auf die Unterlippe. Was ihn bis gestern über Giorgio hatte lächeln lassen, verletzte ihn jetzt zutiefst. Giorgio schien nur Milton ertragen zu können, nur mit Milton hatte er etwas gemeinsam. Wie oft, wenn sie in Ställen übernachteten, hatten sie sich nebeneinander ausgestreckt, einer an den andern gedrängt, und stets war die Initiative von Giorgio ausgegangen. Milton schlief gewöhnlich wie ein Halbmond gekrümmt, und Giorgio wartete, bis er sich zurechtgelegt hatte, dann drängte er sich an ihn und paßte sich ihm an wie einer Hängematte. Und wie oft, wenn Milton als erster erwachte, hatte er Muße gehabt, Giorgios Körper zu betrachten, seine Haut, seinen Haarwuchs...

Der Schmerz beschleunigte seinen Schritt, obwohl er jetzt durch dichten, undurchdringlichen Nebel lief.

Der Nebel war fast greifbar, eine richtige Mauer aus Schwaden, und bei jedem Schritt meinte Milton dagegenzustoßen und anzuprallen. Gewiß war er schon fast am Paß, aber er konnte nur aus dem Verlauf und der Neigung der Straße schließen, wo er gerade war. Ganz wie Sheriff es beschrieben hatte, mußte er sich bücken, um die Straße unter ihm und seine Füße zu erkennen, verschwommen und wie abgeschnitten. Was die Sicht nach vorn betraf, hätte er Giorgio auf zwei Meter Entfernung gewiß nicht mehr gesehen.

Er stieg noch ein paar Schritte bergan; nun mußte er oben angelangt sein. Eine riesige, dichte Nebelmasse erdrückte die darunterliegende Hochebene.

Er schluckte und rief leise Giorgios Namen; wenn Giorgio in diesem Augenblick die letzte Steigung hinaufkam, mußte er ihn hören. Dann rief er lauter, für den Fall, daß Giorgio gerade erst die Hochebene überquert hatte und nun den Steilhang hinaufkletterte. Keine Antwort. Schließlich legte er die Hände an den Mund und rief laut und lange Giorgios Namen. Ein Hund schlug an, nicht viel weiter unten. Dann hörte er nichts mehr.

Vorsichtig, um ja nicht die Richtung auf das unsichtbare Dorf zu verfehlen, machte Milton kehrt und stieg Schritt für Schritt wieder hinunter.

5

Im Eßraum fand er Sheriff, der inzwischen seinen Hunger gestillt hatte und nun vor sich hindöste, die Ellbogen auf den Tisch gestützt. Unter seinem röchelnden Atem kräuselten sich die Weinlachen auf dem Tisch wie kleine Tümpel.

Milton rüttelte ihn wach. »Ich hab ihn nicht gefunden.«

»Was soll ich dir sagen?« erwiderte Sheriff mit belegter Stimme, doch er richtete sich auf, um anzudeuten, daß er zu einem Gespräch bereit sei. »Wie spät ist es denn?« fragte er und rieb sich die Augen.

»Neun Uhr vorbei. Bist du sicher, daß keine Faschisten in der Nähe waren?«

»Bei diesem Nebel? Du machst dir ja gar keinen Begriff, wie neblig es war. An der Kreuzung war's wie Milchsuppe, kann ich dir sagen.«

»Vielleicht sind sie unterwegs vom Nebel überrascht worden«, überlegte Milton. »Als sie von Alba aufbrachen, war es dort bestimmt noch nicht so neblig.«

Sheriff schüttelte den Kopf. »Bei diesem Nebel«, wiederholte er.

Milton wurde ärgerlich. »Dir kommt der Nebel gerade recht, um zu bestreiten, daß sie da waren. Und wenn er dir nur dazu gut ist, um eine Ausrede zu haben, daß du sie nicht gesehen hast.«

Sheriff schüttelte immer noch ruhig den Kopf. »Ich hätte sie gehört. Von Alba kommen sie mindestens in Bataillonsstärke. Ein Bataillon ist schließlich keine Maus, und wir hätten sie gehört. Da hätte nur ein einziger Soldat zu husten brauchen.«

»Aber Pascal hat sie erwartet. Er hat euch als Spähtrupp an die Kreuzung geschickt, weil er sie von dort erwartet hat.«

»Pascal!« prustete Sheriff. »Wenn wir uns auf Pascal verlassen wollten! Wer hat ihn denn zum Brigadekommandeur gemacht? Ich will ja nicht meckern, aber in all den Monaten hab ich kein einziges Mal erlebt, daß er was richtig gemacht hätte. Wenn du's genau wissen willst, seit gestern und heute nacht wünschen wir Pascal zum Teufel. Und deinen Giorgio dazu.«

Milton ging um den Tisch und setzte sich rittlings auf die Bank, Sheriff gegenüber.

»Sheriff, hattet ihr Streit mit Giorgio?«

Der andere schnitt ein paar Grimassen, dann nickte er.

»Er ist mit Jack aneinandergeraten.«

»Aha!«

»Aber das hat nichts damit zu tun, daß wir ihn verloren haben. Nicht deshalb haben wir ihn im Nebel verloren. Er hat sich aus eigenen Stücken von uns getrennt, um seine Bequemlichkeit zu haben und mal wieder das feine Herrchen herauszukehren.«

»Und ihr drei habt natürlich gleich Jacks Partei ergriffen.«

»Das will ich meinen. Jack war völlig im Recht.«

Eigentlich waren sie alle fünf schlechter Laune gewesen. Kurz nachdem Milton von seiner Erkundung in Alba nach Treiso zurückkehrte, waren sie von Mango aufgebrochen. Sie hatten den Torretta-Paß noch nicht erreicht, als es schon stockfinster war. Sie gingen den Hügelrücken entlang, der Wind packte sie von vorn, unheimlich kalt wie im Winter. Ein Wind, sagte Meo, der bestimmt von den offenen Gräbern eines Friedhofs auf der Hochebene kam, wo er es nicht mal als Erschossener aushalten würde. Alles ringsum war verlassen, doch sämtliche Hunde in den Gehöften auf halber Höhe witterten sie und schlugen an. Cobra, der Hunde nicht ausstehen konnte, fluchte bei jedem Gebell. Er hatte seine Wolldecke über Kopf und Schultern gelegt, und so sah er aus wie eine Nonne, die beim Gehen flucht. Wenn man die Flüche dazurechnete, die die Bauern ihren Hunden nachriefen, weil diese in ihrem Eifer die Lage der Häuser verrieten, die man sonst gar nicht gesehen hätte, dann hätte man meinen können, daß die ganze Welt nur aus einem einzigen großen Fluch bestand; besonders weil die andern vier, die zähneknirschend weitermarschierten, im stillen ebenfalls fluchten. Sie waren überzeugt, daß Pascal Gespenster gesehen hatte und sich nur interessant machen wollte und daß sie nun mit diesem Hundemarsch dafür büßen mußten. Am wütendsten war Giorgio, weil ihm der Trupp nicht paßte und weil man Sheriff das Kommando übertragen hatte. »Wenn man mich nicht mal für wichtig hält«, hatte er wohl gedacht, »das Kommando über diese vier Trottel zu übernehmen, kann man sich ja an den fünf Fingern abzählen, was für eine Figur ich bei den Partisanen mache.«

Dann hatten sie sich über Meo geärgert. Da sie mit nüchternem Magen aufgebrochen waren, hatte er vorgeschlagen, in einem einsamen Bauernhof zu Abend zu essen, wo er und der arme Rafé einmal sehr gut bewirtet worden waren. Frischgebackenes Brot, eine kräftige Minestra, wenn auch süß, bester Bauchspeck, schneeweiß, mit einem rosa Streifen in der Mitte. Alle waren einverstanden, obwohl das Haus recht ungünstig am Fuß des großen Abhangs lag. Über einen halsbrecherischen Pfad kletterten sie hinunter, die Nacht war pechschwarz, doch wie lebendig, und es schien, als täten sich unzählige Schluchten vor ihnen auf. Als sie schließlich unten waren, konnte Meo das Haus nicht mehr finden, sie mußten sich in alle vier Himmelsrichtungen zerstreuen und es suchen. Die Wände waren so schwarzverwittert, daß sie nicht einmal mehr jene besondere, gespenstische Helligkeit abgaben. Endlich hatte Cobra es entdeckt, dabei war er zu allem Überfluß mit der Hose im Stacheldraht hängengeblieben, der den Vorplatz umgab. Cobras Fluchen hatte sie herbeigeholt. Zum Glück war kein Wachhund da, denn der wäre völlig wild geworden, und Cobra hätte ihn mit dem *Sten* erledigt, und dann wäre Sheriff wild geworden und hätte im Schlamm mit Cobra gekämpft, denn Sheriff konnte nicht mitansehen, daß man Hunden etwas zuleide tat.

Schließlich mußten sie noch ein Riesenpalaver über sich ergehen lassen, ehe sie herein konnten. Meo klopfte an, und der Bauer fragte hinter der geschlossenen Tür.

»Wer ist da?«

»Partisanen«, antwortete Meo.

»Sag's im Dialekt!« verlangte der Alte. Und Meo wiederholte es im Dialekt.

»Was für welche? Blaue Badoglianer oder Stella Rossa?«

»Badoglianer.«

»Zu welchem Kommando gehört ihr, wenn ihr Badoglianer seid?«

»Zum Kommando von Mango«, erwiderte Meo geduldig. »Wir sind Leute von Pascal.« Doch der Alte schob den Riegel noch immer nicht zurück, und Sheriff mußte auf Cobra aufpassen, der vor Ungeduld mit den Füßen stampfte und dem Bauern ein paar Wörtchen durch die Holztür zurufen wollte, ein paar Wörtchen, die ihn augenblicklich zum Öffnen gebracht hätten.

»Und was wollt ihr?« fragte der Alte weiter.

»Nur einen Happen essen, dann geht's gleich wieder zum Dienst zurück.«

Aber der Alte war immer noch nicht zufrieden.

»Kann man erfahren, mit wem ich spreche? Kenn ich dich?«

»Natürlich«, sagte Meo. »Ich bin Meo, ich bin schon mal zum Essen in Ihrem Haus gewesen. Erinnern Sie sich doch!«

Drinnen blieb es still. Der Alte dachte nach und schien das Für und Wider abzuwägen. »Sie müssen sich noch an mich erinnern«, beharrte Meo. »Vor zwei Monaten war ich hier. Auch gegen Abend. Und ein Wind war damals, der einen fast umgeweht hätte.«

Der Alte brummelte etwas.

»Und du«, fragte er dann, »weißt du noch, mit wem du damals gekommen bist?«

»Natürlich, mit Rafé. Mit Rafé, der kurz darauf im Gefecht von Rocchetta gefallen ist.«

Da rief der Alte seiner Frau etwas zu, schob die Riegel zurück, und sie konnten eintreten. Aber es war keine Rede von den guten Sachen, von denen Meo ihnen vorgeschwärmt hatte, sie bekamen einen Schweinefraß vorgesetzt, nichts als Polenta und kalten Kohl und eine Handvoll Haselnüsse. Und dieses erbärmliche Zeug mußten sie unter dem starren Blick des Alten hinunterschlingen. Er ließ kein Auge von ihnen, strich sich fortwährend über den großen, weißen Schnurrbart und sagte hie und da ein Wort, ein einziges Wort: »Sibirien.« Das war eine Angewohnheit von ihm. »Sibirien. Sibirien.« Giorgio hatte die Polenta nicht angerührt, den Kohl erst recht nicht, er aß nur hastig und wütend ein halbes Dutzend Haselnüsse. Nachher sagte er, daß er sie wie lauter kleine Steine in der Speiseröhre spüre. Als sie das verdammte Haus endlich verließen und den Hügel wieder hinaufkletterten, war es fast neun Uhr, und die Nacht war so furchterregend wie kurz vor Morgengrauen. Beim Aufstieg beschimpften sie Meo wegen seines Einfalls mit dem Abendessen. Jack benahm sich noch am anständigsten. Er sagte pausenlos mit weicher, fast vergnügter Stimme: »Verdammte Faschisten, verdammte Faschisten, verdammte Faschisten...«

Dann fielen sie über Sheriff her, weil ihnen das Haus nicht paßte, das er als Basis für ihre Wache an der Kreuzung ausgesucht hatte. Sie waren jetzt schon in Sichtweite der Wegkreuzung, unten leuchtete die Straße in düsterem Weiß. Cobra sagte: »Wenn morgen früh Faschisten über diese Straße kommen, freß ich so lange Straßenschotter, bis ich krepiere, das schwör ich euch!« Die vier wollten bei der Langa-Meierei haltmachen, die hatte einen großen Stall, dessen Ritzen gut abgedichtet waren, und viele Rinder, die mit ihrem Atem wärmten. Sheriff wandte ein, daß man dort zwar bequem schlafen könne, daß der Stall aber zu weit von der Kreuzung entfernt sei. Er mußte sehr hartnäckig sein, um sich durchzusetzen, und zuletzt führte er sie zu einem verlassenen kleinen Haus am Rande einer Anhöhe, genau gegenüber der Kreuzung und einen *Sten*-Schuß von der Häusergruppe entfernt, die bereits dunkel und verrammelt dalag. Der Weg zu dem Haus führte an einer langen Reihe von Bäumen vorüber, die im Sturm ächzten.

Das Haus hatte drei verfallene, kleine Zimmer, die Decke war überhaupt nicht mehr vorhanden. Der Stall war der einzige Raum, der noch einigermaßen instand war, doch Stall war bereits zu viel gesagt. Er war so klein, daß keine sechs Schafe darin Platz gefunden hätten, die Futterkrippe hätte mit knapper

Not einen Zwerg aufnehmen können, und der gepflasterte Boden war völlig kahl, abgesehen von ein paar dornigen Reisigbündeln, die in einer Ecke aufgeschichtet waren. Es gab ein einziges Fensterchen ohne Scheibe, die darübergespannte Leinwand war zerrissen, und die Tür hatte Ritzen, durch die man die flache Hand hindurchstecken konnte.

Um Mitternacht hatten sie mit der Wache begonnen. Sheriff ging als erster, die andern kauerten sich auf dem Boden eng aneinander, keiner schlief. Sie waren so abgestumpft, daß niemand auf den Gedanken kam, die alten Reisigbündel hinauszuwerfen, um dadurch Platz zu gewinnen. Anfangs hatten sie noch einen winzigen Abstand zu dem Reisig gewahrt, dann war Jack doch darauf gefallen, geschoben von den andern, die hin und her rutschten und vor Kälte zitterten. Nun, Jack war der einzige, der auf dem dornigen Reisig wie ein Fakir schlafen konnte, er wimmerte im Schlaf wie ein Sterbender. Die vorletzte Wache hatte Giorgio und die letzte fiel auf Jack, der im Zwielicht der Morgendämmerung besonders gut sehen konnte.

Während Jacks Wache war es dann zum Krach mit Giorgio gekommen. Als Giorgio zurückkam, schüttelte er Jack wach, und als Jack draußen war, schob er Cobra und Meo beiseite und legte sich auf die Streu. Natürlich konnte er nicht einschlafen und kauerte sich zusammen, die Hände unter den Knien verschränkt. Er rauchte eine Zigarette, dann probierte er hundert verschiedene Stellungen aus, nicht so sehr, um zu schlafen als vielmehr, um auf erträgliche Weise wach zu bleiben, doch es gelang ihm nicht. Dann richtete er sich auf und zündete sich noch eine Zigarette an. Beim Schein des Streichholzes sah er, daß Jack nicht draußen war, wie es seine Pflicht als Posten gewesen wäre, sondern drinnen im Stall. Er hatte sich an die Wand neben der Tür gesetzt.

»Auf Giorgio muß das wie ein rotes Tuch gewirkt haben«, sagte Sheriff. »Er hatte seine Wache anständig hinter sich gebracht...«

»Es gibt keinen«, unterbrach Milton, »keinen einzigen in der ganzen Division, der es mit der Wache so peinlich genau nimmt wie Giorgio.«

»Das stimmt«, gab Sheriff zu, »und wir wollen jetzt nicht untersuchen, ob er das nur aus Eigennutz macht oder für seine Kameraden. Immerhin, wenn er's auch nur für die eigene Haut tut, macht er's ja automatisch für die andern mit. Darüber sind wir uns einig. Wie ich schon sagte, auf Giorgio muß das gewirkt haben wie ein rotes Tuch. Er richtete sich auf den Knien auf und scharrte wie ein Tier mit den Händen in der Streu. ›Warum bist du nicht draußen auf Wache?‹ und, ohne eine Antwort abzuwarten, überhäufte er Jack mit Schimpfworten, von denen Hurensohn noch das schmeichelhafteste war. Jacks Schuld war, daß er sich nicht gleich rechtfertigte. Ich glaube, Jack zuckte nur mit den Achseln und brummte etwas wie ›Hat ja doch keinen Zweck‹, vielleicht spuckte er auch vor Giorgio auf den Boden. Der fiel über ihn her, es sah aus wie ein Frosch, der durch die Luft fliegt, und sagte: ›Es hat keinen Zweck?! Wir haben unsere Wache geschoben, und du willst dich drücken, du Saukerl?‹ und schlug auf ihn ein. Wir waren zwar wach, aber noch nicht so richtig da, außerdem tat uns alles weh und wir waren so steif, daß eine gute Minute verging, ehe wir uns aufgerappelt hatten. Ich hatte nur mitbekommen, daß Jack nicht draußen auf Wache war, und rief ihm zu: ›Was ist los?‹ er solle sich auf der Stelle 'rausscheren und seinen Dienst versehen. Doch Jack gab keine Antwort, er hatte genug damit zu tun, sich zu wehren. Giorgio hatte ihn am Hals gepackt und wollte ihm den Schädel gegen die Wand schlagen. Während er ihn würgte, schimpfte er in einem fort: ›Du Bastard! Es ist höchste Zeit, daß mit euch Pack aufgeräumt wird! Ihr taugt nicht für uns und nicht für sie! Ihr werdet noch allesamt umgelegt! Hunde, Schweine, Auswurf…!‹ Jack antwortete nicht einmal, weil Giorgio ihn fast erwürgt hätte, und dann machte er seinen Hals so steif wie möglich, um nur ja nicht mit dem Kopf gegen die Wand zu schlagen. Er gab keinen Mucks von sich, rief nicht einmal um Hilfe. Er hatte die Beine angewinkelt und versuchte, Giorgio wegzustoßen. Das alles, was ich dir jetzt erzähle, hat in Wirklichkeit nicht länger als eine halbe Minute gedauert. Ehe wir überhaupt eingreifen konnten, hatte Jack die Füße Giorgio auf die Brust gesetzt und ihn rücklings aufs Pflaster geschleudert. Da brüllte ich Jack an, er solle sich gefälligst rechtfertigen. Jack blieb auf seinem Platz sitzen und sagte nur: ›Es hat keinen Zweck, hab ich gesagt. Sieh doch selber nach!‹ und schlug die Tür auf. Wir sahen hinaus und begriffen, warum.«

»Der Nebel«, murmelte Milton.

»Ja, der Nebel. Stell dir ein Meer von Milch vor. Bis an unser Haus heran, mit Zungen und Brüsten, die in den Stall eindringen wollten. Wir traten hinaus, einer nach dem andern, aber vorsichtig und nicht mehr als zwei Schritte aus Angst, in diesem Meer von Milch zu versinken. Wir konnten einander kaum erkennen, obwohl wir in einer Reihe standen und Tuchfühlung zueinander hatten. Vor uns war überhaupt nichts zu sehen. Wir stampften mit den Füßen auf, um uns zu vergewissern, daß wir überhaupt noch Boden unter uns hatten und nicht auf einer Wolke schwebten. Cobra ging in den Verschlag zurück, nahm einen Arm voll Reisig, kam wieder heraus und warf es vor sich hin, dem Nebel in den Rachen. Wir hörten nicht mal, wie es zu Boden fiel.«

Obwohl sie angespannt lauschten und den Atem anhielten, hörten sie nicht das leiseste Geräusch. Der Streit zwischen Giorgio und Jack war schon vergessen. Nach Giorgios Uhr war es fast fünf. Sie waren sich darin einig, daß kein Angriff bevorstand und nichts zu befürchten sei. Hier hatten sie nichts mehr verloren; sie mußten so schnell wie möglich nach Mango zurück.

»Muchachi«, sagte Sheriff, »hier verläuft die Kammstraße, das ist der kürzeste Weg, außerdem kennen wir sie gut. Aber bei dem Nebel ist sie gefährlich, sie ist schmal und auf beiden Seiten sind die Steilhänge. Im Nebel kann man leicht vom Weg abkommen, und wer vom Weg abkommt, bricht sich vielleicht nicht gleich den Hals, aber große Illusionen braucht er sich nicht mehr zu machen. Er kullert 'runter, immer weiter, und einen Halt gibt es erst am Belbo, der unten vorbeifließt. Ich schlage also vor, daß wir vorsichtig bis zur halben Höhe absteigen und von dort aus die Straße nehmen, die ist zwar länger, aber wenigstens auf einer Seite durch die Anhöhe geschützt. Dann brauchen wir uns nur immer rechts zu halten und können uns an der Böschung entlangtasten. Wenn wir dann auf der Höhe des Pilone del Chiarle sind, können wir wieder auf den Kamm 'rauf. Von dort aus ist die Straße weniger gefährlich, auf beiden Seiten liegen ziemlich breite Wiesen, ehe es wieder 'runtergeht. Außerdem ist der Nebel da hoffentlich nicht ganz so verrückt wie hier.« Sie gaben ihm recht und stiegen zunächst sehr vorsichtig die halbe Anhöhe hinunter, wobei sie einen Fuß genau vor den andern setzten, wie man's beim Boccia macht, um die Punktzahl zu bestimmen. Den Weg weiter unten am Hang hatten sie erst gefunden, nachdem sie niedergekniet waren und den Boden abgetastet hatten. Obwohl der Nebel dort genauso dicht lag, waren sie auf dem Weg etwas rascher vorangekommen. Dann stießen sie durch Zufall auf den Pfad, der zum Pilone del Chiarle führte, und stiegen wieder auf den Kamm hinauf.

»Na ja«, sagte Sheriff, »stell dir vor, wir brauchten drei Stunden für eine Strecke, die man normalerweise in einer Stunde schafft.«

»Und wo habt ihr Giorgio verloren?«

»Das weiß ich nicht. Aber ich sag dir nochmal, daß er absichtlich zurückgeblieben ist. Wahrscheinlich hat er sich gleich abgesetzt, nachdem wir den Weg weiter unten am Hang erreicht hatten. Du kannst beruhigt sein, Milton, ich kann mir denken, wo Giorgio ist. Der sitzt schön warm in irgendeiner Meierei und läßt sich für klingende Münze ein Essen auftischen. Der hat immer Geld, manchmal mehr als der Brigadezahlmeister. Sein Vater schickt's ihm haufenweise, wie Pfefferminzbonbons. Ich weiß jetzt, wie er's macht. Er läßt sich eine große Schale heißer Milch vorsetzen, und da es keinen Zucker mehr gibt, läßt er ein paar ordentliche Löffel Honig drin auflösen. Und deshalb hört man ihn auch nie husten, nicht mal den allerkleinsten Nieser, während wir andern uns die Seele aus dem Leib bellen. Du kannst ganz ruhig sein, Milton, du siehst ja, wie ruhig ich bin, obwohl ich für die Patrouille verantwortlich bin. Du kannst dich darauf verlassen, daß er in einer halben Stunde durchs Dorf spaziert kommt.«

»Um zwölf wollte ich wieder in Treiso sein«, sagte Milton. »Ich habe es Leo verprochen.«

Sheriff machte eine wegwerfende Handbewegung. »Was macht's schon, wenn du etwas später kommst? Das macht Leo nichts. Hier gibt's keine Appelle und Gegenappelle. Auch darin ist der Partisan den andern überlegen. Sonst wär er ja um kein Haar besser als ein königlicher Soldat, und du mußt mir schon erlauben, daß ich Eisen anfasse, um's nicht zu beschwören.«

Tatsächlich griff er ans Magazin seines Schnellfeuergewehrs und fügte hinzu: »Hier wird überhaupt nur nach Ellen gemessen, und du willst dich an Millimeter halten.«

»Nach Ellen meß ich jedenfalls nicht.«

»Du sehnst dich wohl nach dem verdammten Militär zurück?«

»Vom Militär will ich nichts wissen, aber nach Ellen meß ich trotzdem nicht.«

»Wenn du es so genau nimmst, dann komm doch an einem andern Tag wegen Giorgio wieder.«

»Ich muß ihn aber sofort sprechen.«

»Warum bloß? Was hast du ihm so Wichtiges mitzuteilen? Ist seine Mutter gestorben?«

Er sah, wie Milton sich zur Tür wandte, und sagte: »Wohin willst du jetzt? Ins Dorf?«

»Nur ein Stück 'raus und sehen, was der Nebel macht.«

Unten im Tal war der Nebel in Bewegung geraten, als würde er von riesigen Ruderblättern langsam aufgewühlt. Nach fünf Minuten öffneten sich Löcher und Spalten, durch die man ein paar Fetzen Erde sehen konnte. Die Erde erschien ihm unendlich fern und schwärzlich, wie erstickt. Die Kämme und der Himmel waren noch dicht verhüllt, doch in einer halben Stunde würde der Nebel auch dort aufreißen. Ein paar Vögel zwitscherten schüchtern.

Er steckte den Kopf nochmals zur Tür hinein. Sheriff war anscheinend wieder eingeschlafen.

»Sheriff! Hast du unterwegs nichts gehört?«

»Nichts!« erwiderte Sheriff prompt, ohne den Kopf zu heben oder die Ellbogen auseinanderzunehmen.

»Auf dem Weg in halber Höhe, meine ich.«

»Nicht das geringste!«

»Wirklich?«

»Nichts und wieder nichts!« Sheriff hob mit einem heftigen Ruck den Kopf, die Stimme aber hatte er besser in der Gewalt. »Wenn du's wirklich ganz genau wissen willst, dann sag ich dir, daß wir nichts als einen Vogel haben vorbeifliegen hören. Wahrscheinlich hatte er sein Nest verloren und suchte im Nebel danach. Und jetzt laß mich schlafen!«

Draußen begann es wieder zu tröpfeln.

6

Wohl einem Dutzend Kameraden hatte er ausrichten lassen, sie sollten Giorgio gleich zu ihm schicken, sobald sie ihn sahen, und als Treffpunkt hatte er den Eßraum genannt. Um halb zwölf hatte er den Eßraum verlassen und war zum Dorfrand geschlendert, vielleicht, weil er hoffte, Giorgio schon von weitem sehen zu können, wenn er aus der Leere der Landstraße auftauchte. Der Nebel löste sich langsam überall auf, es nieselte etwas stärker, aber lästig war es noch nicht.

Am Ende der Wachhausgasse tauchte für einen Moment Frank auf. Auch er war aus Alba, wie Milton und Giorgio. Er rannte vorbei, als hätte er nicht einmal Miltons Schatten gesehen, doch im Weiterlaufen mußte er ihn erkannt haben, denn er kam gleich darauf zurück. Er zitterte am ganzen Körper, und sein Gesicht war kindlicher und blasser denn je, kreideweiß.

»Sie haben Giorgio geschnappt!« stammelte Milton.

»Milton!« schrie Frank und kam heruntergelaufen. »Milton!« Er bremste mit den Absätzen auf den unebenen Pflastersteinen.

»Nicht wahr, Frank, sie haben Giorgio geschnappt?«

»Woher weißt du das?«

»Von niemandem. Ich hab's geahnt. Und du, woher weißt du es?«

»Ein Bauer», stotterte Frank, »ein Bauer vom Hügel unten hat ihn gefangen auf einem Karren vorbeikommen sehen. Der Bauer ist zu uns gekommen und hat's uns gesagt. Laufen wir rasch zur Kommandantur!« Damit wollte Frank schon wieder weiter.

»Nein, nicht laufen!« bat Milton. Er konnte sich kaum noch auf den Beinen halten.

Frank trat langsam auf ihn zu. »Für mich war das auch ein furchtbarer Schlag. Ich dachte, es haut mich um.«

Langsam, fast widerwillig stiegen sie zur Kommandantur hinauf.

»Der ist geliefert, nicht wahr?« flüsterte Frank. »In Uniform und mit seinen Waffen haben sie ihn geschnappt. Sag doch was, Milton!«

Milton machte den Mund nicht auf. »Er ist geliefert«, sagte Frank. »An seine Mutter will ich gar nicht erst denken. Er muß ihnen bei dem Nebel direkt in die Arme gelaufen sein. Der Nebel heute früh war so seltsam. Da mußte ja was passieren. Aber daran denkt man immer erst hinterher. Armer Giorgio. Der Bauer hat ihn gefesselt auf dem Karren vorbeifahren sehen.«

»Weiß er bestimmt, daß es Giorgio war?«

»Er sagt, daß er ihn kennt. Außerdem fehlt ja sonst keiner.«

Drüben wollte gerade ein Bauer den Hügel hinuntersteigen. Er hatte sich eine besonders rutschige Abkürzung ausgesucht und hielt sich beim Hinabgleiten an den hohen Grasbüscheln fest.

»Da ist er!« sagte Frank, pfiff ihm und schnalzte mit den Fingern. Der Mann blieb unwillig stehen und kam wieder aufs Pflaster zurück. Er mochte um die Vierzig sein, sah aus wie ein Albino und war bis an die Brust mit Schlamm bespritzt.

»Erzähl mir das mit Giorgio!« befahl Milton.

»Ich hab euerm Vorgesetzten schon alles gesagt.«

»Erzähl's mir noch einmal! Wie konntest du ihn denn sehen? War der Nebel nicht mehr so dicht?«

»Bei uns unten war's nicht so schlimm wie hier oben. Und um die Zeit war er schon fast weg.«

»Wann war das?«

»Elf Uhr. Es war fast elf, als ich die Kolonne aus Alba vorbeikommen sah mit euerm Kameraden auf einem Karren gefesselt.«

»Wie eine Jagdbeute haben sie ihn 'runtergeschafft«, sagte Frank.

»Ich hab's ganz zufällig gesehen«, fuhr der Mann fort, »ich war draußen, um Rohr zu schneiden, und da seh ich sie auf der Straße vorbeikommen. Ganz zufällig hab ich sie gesehen, gehört hab ich sie nicht, denn sie waren leise wie die Blindschleichen.«

»War es bestimmt Giorgio?« fragte Milton.

»Ich weiß genau, wie er aussieht. Er war mehr als einmal zum Essen im Nachbarhaus.«

»Wo wohnst du?«

»Gleich oberhalb der Mabucco-Brücke. Mein Haus...«

Milton ließ ihn gar nicht erst sein Haus beschreiben.

»Warum bist du nicht gleich losgerannt und hast Ciccios Leuten am Fuß des Hügels Bescheid gesagt?«

»Das hat Pascal ihn auch schon gefragt«, seufzte Frank.

»Und du hast gehört, was ich euerm Kommandanten geantwortet habe. Schließlich bin ich kein Weib, ich bin auch mal Soldat gewesen. Ich hab mir gleich gedacht, daß von euch allen nur Ciccio sie aufhalten könnte, und so bin ich auf der Stelle losgerannt. Dabei hab ich einiges riskiert, denn sie hätten mich sehen können, wie ich sie seitwärts überholte, und hätten mich wie einen Hasen abknallen können. Aber wie ich zu Ciccios Abteilung komme, ist nur der Koch da und ein Wachposten. Ich hab ihnen trotzdem Bescheid gesagt, und sie sind gleich losgerannt wie die Wahnsinnigen. Ich hab gemeint, sie suchen die andern, sie stellen einen Hinterhalt, jedenfalls tun sie was, die aber sind nur schnell in den Wald verduftet. Als die Kolonne vorüber war und schon weit weg auf der Landstraße nach Alba, sind die beiden zurückgekommen und haben gesagt: ›Was hätten wir beide allein denn schon tun können?‹«

Frank sagte: »Pascal meint, daß er heute noch ein paar Leute 'runterschickt, die Ciccio eins der beiden *Bren* wegnehmen. Ein *Bren* ist übergenug für diesen Haufen von…«

»Laßt mich jetzt gehen«, sagte der Bauer. »Wenn ich zu lange ausbleibe, regt meine Frau sich auf; sie ist schwanger.«

»War's wirklich Giorgio von der Brigade aus Mango?« fragte Milton noch einmal.

»So sicher wie nur was. Wenn sein Gesicht auch blutverschmiert war.«

»Verwundet?«

»Verprügelt.«

»Und... in welcher Stellung war er auf dem Karren?«

»So«, erwiderte der Mann und ahmte Giorgios Stellung nach. Sie hatten ihn an den vorderen Wagenrand gesetzt, ihn mit dem Oberkörper an einen Pfahl gefesselt, den sie durch den Boden des Karrens gestoßen hatten, und Giorgio mußte kerzengerade dasitzen, seine Beine baumelten hinter den Schwänzen der Ochsen, die den Karren zogen.

»Wie eine Jagdbeute haben sie ihn 'runtergeschafft«, wiederholte Frank. »Stell dir das Bild vor, wenn er so nach Alba kommt! Stell dir die Mädchen in Alba vor, die das mit ansehen!«

»Was hat das mit den Mädchen zu tun?« fuhr Milton verstört auf. »Gar nichts oder so gut wie gar nichts. Du machst dir auch noch immer Illusionen.«

»Ich? Entschuldige, aber was für Illusionen mache ich mir denn?«

»Begreifst du nicht, daß es schon viel zu lange dauert? Daß wir uns damit abgefunden haben zu krepieren und die Mädchen sich damit abgefunden haben, dabei zuzusehen?«

»Laßt ihr mich immer noch nicht fort?« fragte der Bauer.

»Einen Augenblick noch. Wie hat Giorgio sich verhalten?«

»Wie soll er sich verhalten haben? Er starrte vor sich hin.«

»Haben die Soldaten ihn noch geschlagen?«

»Nein, nicht mehr«, antwortete der Mann. »Sie müssen ihn gleich verprügelt haben, als sie ihn gefaßt haben. Aber unterwegs nicht. Bestimmt hatten sie Angst, ihr könntet jeden Augenblick auf einem Hügel auftauchen. Ich sagte ja schon, sie sind leise wie die Blindschleichen abgezogen. Deshalb haben sie ihn auch in Frieden gelassen. Es kann schon sein, daß sie später wieder über ihn hergefallen sind, um ihre Wut an ihm auszulassen. Darf ich jetzt gehen?«

Milton war schon losgestürmt. Das geschah so plötzlich, daß Frank ganz verdutzt war. Er lief ihm nach und rief: »Warum rennst du denn so?«

Um den Eingang zur Kommandantur drängten sich die Partisanen. Milton schob sich durch das Gedränge und bahnte den Weg für sich und Frank, der jetzt dicht hinter ihm ging. Ein weiter Kreis hatte sich um Pascal gebildet, der den Telefonhörer in der Hand hielt. Milton zwängte sich auch durch diesen Kreis und stand nun in der ersten Reihe, gleich neben dem leichenblassen Sheriff.

Während Pascal auf die Verbindung wartete, murmelte Frank: «Ich wette meinen Kopf, daß wir in der ganzen Division keinen einzigen lumpigen Gefangenen haben!«

Das Divisionskommando war am Apparat, am andern Ende meldete sich Adjutant Pan. Er sagte gleich, daß er über keinen einzigen Gefangenen verfügte. Pascal mußte ihm beschreiben, wie Giorgio aussah, und Pan glaubte, sich an ihn zu erinnern. Aber er hatte keinen Gefangenen. Pascal sollte sich an die verschiedenen Brigadekommandos wenden. Allerdings war es Vorschrift, daß die untergeordneten Einheiten ihre Gefangenen sofort ans Divisionskommando überstellten; doch solle Pascal Leo, Morgan und Diaz anrufen, um ja nichts unversucht zu lassen.

»Leo hat keinen«, sagte Pascal in den Hörer. »Hier vor mir steht ein Mann von der Brigade in Treiso und sagt, Leo habe keine Gefangenen. Ich versuche noch, Morgan und Diaz zu erreichen. Auf alle Fälle, Pan, falls man dir einen neuen Gefangenen bringt, mach ihn nicht um einen Kopf kürzer, sondern schick ihn sofort per Auto zu mir!«

»Ruf Morgan an, rasch!« sagte Milton, als Pascal den Hörer aufgelegt hatte.

»Ich rufe Diaz an!« gab Pascal trocken zurück.

Milton warf einen Blick auf Sheriff. Er war aschfahl im Gesicht. Aber nicht wegen Giorgio, dachte Milton, sondern aus nachträglicher Angst vor den Feinden, die zu Hunderten durch den Nebel schwärmten, während er, Sheriff, blind zwischen ihnen herumgetappt war, ruhig, ohne eine Ahnung von der Gefahr, ganz Ohr für das Zwitschern eines verirrten Vögelchens.

»Armer Giorgio!« murmelte Sheriff. »Was für eine elende letzte Nacht hat er gehabt! Wer weiß, wie es ihm jetzt geht. Die Haselnüsse werden ihm immer noch schwer im Magen liegen!«

»Vielleicht ist für ihn schon alles vorbei«, meinte jemand hinter Milton.

»Hör auf damit!« sagte Pascal.

Das Telefon klingelte. Diaz war selbst am Apparat. Nein, er hatte keinen Gefangenen. Er erinnerte sich sehr gut an den blonden Giorgio, und er tat ihm leid, aber er hatte keinen Gefangenen.

Ein Partisan mit Spitzbart, den Milton zum erstenmal sah, fragte, wo man's denn in Alba mache.

Frank antwortete: »Mal hier und mal dort. Meistens an der Friedhofsmauer. Aber auch an der Eisenbahnböschung oder irgendwo am Stadtring.«

»Keine angenehme Auskunft!« sagte der mit dem Spitzbart.

Morgan sprach bereits. »Fottudes boys. Ich hab keine. Wer war denn dieser Giorgio? Donner und Doria, da siehst du, wie's einem gehen kann. Vor drei Tagen hatte ich einen, aber den mußte ich an die Division abgeben. Wie ein nasses Küken war der, aber dann entpuppte er sich als Komiker ersten Ranges. Eine wahre Entdeckung. Den ganzen Tag, den er bei uns war, hatten wir Bauchweh vor Lachen. Pascal, du hättest sehen sollen, wie er eine ganze Batterie unsichtbarer Schlagzeuge bediente! Ich hab ihn zur Division geschickt und ausrichten lassen, sie sollten ihn ja nicht abmurksen, aber dann haben sie ihn doch unter die Erde gebracht. Da siehst du, wie's einem gehen kann! Gottverdammt! Aber wer war denn dieser Giorgio?«

»Ein hübscher Blonder«, antwortete Pascal. »Wenn du einen neuen Gefangenen bekommst, bring ihn nicht um, Morgan, und gib ihn auch nicht an die Division weiter. Ich hab das schon mit Pan abgeklärt. Schick ihn sofort per Auto zu mir!«

Pascal legte den Hörer auf und sah, wie Milton sich zum Ausgang drängte.

»Wohin gehst du?«

»Nach Treiso zurück«, antwortete Milton, ohne sich umzudrehen.

»Bleib doch zum Essen hier. Warum willst du denn jetzt gleich nach Treiso?«

»In Treiso weiß man eher Bescheid.«

»Was?«

Aber Milton war schon hinausgestürmt. Draußen geriet er jedoch in ein anderes Gedränge. Man umstand Cobra, der sich die Ärmel sorgfältig über seine mächtigen Armmuskeln hochgekrempelt hatte und sich nun über einen imaginären Zuber beugte. »Seht her«, sagte er, »seht alle her, was ich mache, wenn sie Giorgio umbringen. Meinen Freund, meinen Kameraden, meinen Bruder Giorgio. Seht her. Der erste, den ich erwische... die Hände wasch ich mir in seinem Blut. So!«

Und er bückte sich hinab zu dem imaginären Zuber, tauchte die Hände hinein und rieb sie mit schrecklich sorgfältigen, weichen Bewegungen. »So! Nicht nur die Hände. Auch die Arme wasch ich mir in seinem Blut!« Und er machte dieselbe Bewegung an Unterarm und Oberarmmuskel. »So! Seht her! Wenn sie meinen Bruder Giorgio umbringen!« Er sprach weich und deutlich, doch zuletzt brüllte er: »Ihr Blut will ich! Bis zu den Achseln will ich in ihrem Blut waten!«

Milton wandte sich ab, und erst vor dem Torbogen am Dorfausgang blieb er stehen. Lange sah er nach Benevello und Roddino hinüber. Der Nebel hatte sich überall gelichtet, unten klebte er nur noch hie und da wie eine Briefmarke an den schwarzen Hängen. Der Regen fiel dünn und gleichmäßig, ohne die Sicht zu behindern. Er drehte den Kopf und schaute nach Alba hinunter. Der Himmel über der Stadt war dunkel, fast violett, ein Zeichen, daß es dort viel heftiger regnete. Es regnete in Strömen auf den gefangenen Giorgio, auf Giorgio, der vielleicht schon tot war, es regnete in Strömen auf die Wahrheit über Fulvia, löschte sie aus für immer. »Ich werde es nie erfahren. Ich werde durchs Leben gehen, ohne es zu wissen.«

Er hörte, wie jemand hinter ihm gelaufen kam, geradewegs auf ihn zu. Er wollte rasch um die Ecke biegen, schaffte es aber nicht mehr, und schon hatte Frank ihn eingeholt.

»Wohin willst du?« keuchte er. »Du wirst dich doch nicht verdrücken?« Du wirst mich doch nicht hier allein lassen. Bestimmt kommt Giorgios Vater heute und fragt, ob wir einen Austausch für seinen Sohn haben. Wenn du dich verdrückst, muß ich ihn ganz allein empfangen und mit ihm sprechen, das bring ich nicht fertig. Ich hab's schon einmal tun müssen, bei den Brüdern von Tom, und ich will das nicht noch einmal erleben, wenigstens nicht allein. Bleib bitte bei mir!«

Milton deutete auf die Felsen von Benevello und Roddino. »Ich will dort hinüber. Falls Giorgios Vater kommt und auch nach mir fragen sollte…«

»Und ob er nach dir fragen wird!«

»Sag ihm, daß ich draußen bin, um einen Austauschgefangenen für Giorgio zu suchen.«

»Kann ich ihm das wirklich sagen?«

»Das kannst du ihm schwören.«

»Wo willst du denn suchen?«

Der Regen fiel in großen, schweren Tropfen, einige waren flach wie Geldstücke.

»Ich geh zu Hombre«, antwortete Milton.

»Du willst zu den Roten?«

»Weil wir Blauen keine Gefangenen haben.«

»Angenommen, sie haben welche, dann rücken sie ja doch keinen 'raus!«

»Ich… borge mir einen aus.«

»Nicht einmal leihweise werden sie dir einen geben. So verbittert, wie die sind, so aufgehetzt durch ihre Kommissare, und wütend, weil wir mit Fallschirmabwürfen versorgt werden und sie nicht…«

»Hombre und ich sind gute Freunde«, sagte Milton. »Gute Freunde. Das weißt du doch. Ich werde ihn bitten, mir den Gefallen zu tun.«

Frank schüttelte den Kopf. »Angenommen, sie hätten einen und gäben ihn dir wirklich… Aber sie haben ja doch keinen, sie machen überhaupt keine Gefangenen… aber nehmen wir an, sie hätten einen und gäben ihn dir, was machst du dann? Bringst du ihn direkt hierher?«

»Nein, nein«, antwortete Milton und verkrampfte die Hände. »Ich würde zuviel Zeit verlieren. Ich schicke den ersten besten Pfarrer vor, der mir begegnet, und tausche den Gefangenen auf dem Hügel von Alba aus, ohne Formalitäten. Allenfalls lasse ich mich durch zwei von Nicks Männern begleiten.«

Regentropfen zerplatzen auf ihren Köpfen und durchnäßten ihre Uniformen, aber sie merkten nur am Rauschen der Blätter in den Alleebäumen, daß der Regen stärker wurde. »Ausgerechnet jetzt muß es wieder lospladdern«, schimpfte Frank.

»Wir verlieren hier nur Zeit«, erwiderte Milton und sprang von der Böschung auf den darunterliegenden Weg. Sein Absatz hinterließ langgezogene, glänzende Spuren im Schlamm.

»Milton!« rief Frank. »Du kommst bestimmt mit leeren Händen zurück. Wenn du aber den Mann auftreiben kannst und zum Austausch auf den Hügel über Alba gehst, mußt du dich hundertmal vergewissern und nach allen Seiten umsehen. Hüte dich vor ihren Tricks und Finten! Verstanden? Du weißt, so ein Austausch ist manchmal nur eine Falle!«

7

Der Regen fiel ganz dünn, auf der Haut spürte man ihn gar nicht, aber der Straßenschlamm wurde zusehends mehr, als wäre er aus Sauerteig. Es war fast vier Uhr. Die Straße stieg an. Er mußte schon bald in der Gegend sein, die von Hombres Brigade beherrscht wurde, darum machte er Augen und Ohren auf und hielt sich am Rande der Straßenböschung. Er war darauf gefaßt, daß ihm bei jedem weiteren Schritt eine Kugel um die Ohren pfeifen würde. Die Roten mißtrauten allen Uniformen und hatten die verdammte Angewohnheit, englische Uniformen mit deutschen zu verwechseln. So behielt er beim Marschieren Abhänge und Büsche im Auge, vor allem auch die Geräteschuppen der Weinberge, die etwas weiter oben lagen.

Hinter einer Kurve blieb er wie angewurzelt stehen. Vor sich sah er eine unzerstörte Brücke. »Sie ist unzerstört. Intakte Brücke, verminte Brücke.« Er musterte den durch den Regen angeschwollenen Bach, schwarze Naturgewalt oberhalb und unterhalb der kleinen Brücke. Oberhalb war der Bach zu tief eingekeilt, also wollte er es unterhalb versuchen. Er ließ sich auf die Wiese hinab und ging ans Ufer, hielt aber im letzten Augenblick inne. »Ich trau der Sache nicht. Das stinkt nach Falle. Der Fußpfad ist viel weiter unten. Die Leute hier werden ihre Gründe haben, wenn sie den Bach dort unten überqueren.« So lief er weiter bachabwärts und kletterte dort über die Felsbrocken, die im Wasser lagen. Dabei wurde er bis an die Waden naß. Das braune Wasser war eiskalt.

Die Straße verlief genau über ihm, doch die Böschung war hoch und steil und glänzte von zähflüssigem Schlamm, der Gras und Steine unter sich begraben und alle Pfade verwischt hatte. Vorsichtig stieg Milton auf, doch schon nach ein paar Schritten kam er ins Rutschen und glitt wieder hinunter, wobei er sich auf einer Seite ganz schmutzig machte. Er streifte ganze Hände voll Schlamm von sich ab und versuchte es zum zweitenmal. In der Mitte der Böschung verlor er das Gleichgewicht, suchte nach einem Halt und rollte wieder bis ganz hinunter. Er wollte schon schreien, doch dann schloß er den Mund und schlug dabei so heftig mit den Zähnen aufeinander, daß man es ein ganzes Stück weit hätte hören können. Da er jetzt ohnehin völlig mit Schlamm beschmiert war, stemmte er sich beim dritten Mal mit Knien und Ellenbogen hinauf. Am Straßenrand setzte er sich hin und säuberte den Karabiner. Da hörte er über sich eine kleine Steinlawine. Er blickte hinauf und sah einen Wachposten, der eine Runse im Kalkfelsen links der Straße hinuntergesprungen kam. Das Dorf mußte gleich hinter dem Felsen liegen, denn am Himmel zog der weiße Rauch vieler Schornsteine.

Der Posten hatte sich breitbeinig mitten auf die Straße gestellt.

»Nimm die Waffe 'runter, Garibaldi!« sagte Milton laut. »Ich bin Badoglio-Partisan. Ich will deinen Kommandeur Hombre sprechen.«

Der andere senkte kaum wahrnehmbar das Gewehr und winkte ihm, näher zu kommen. Er war fast noch ein Kind, halb wie ein Bauer, halb wie ein Skifahrer gekleidet, auf seiner Mütze leuchtete ein roter Stern.

»Du hast doch sicher englische Zigaretten dabei«, sagte er als erstes.

»Ja, aber der Segen ist fast zu Ende«, und Milton hielt ihm das Päckchen Craven A hin.

»Sagen wir zwei«, meinte der Junge und bediente sich.

»Wie sind sie denn?«

»Ziemlich mild. Also, bringst du mich hin?«

Sie stiegen bergan, und bei jedem Schritt säuberte Milton seine Uniform vom Schlamm.

»Das ist doch der amerikanische Karabiner, nicht wahr? Was für ein Kaliber?«

»Acht.«

»Dann passen deine Patronen also nicht für das *Sten*. Hast du nicht zufällig ein paar *Sten*-Patronen in der Tasche?«

»Nein; was würdest du auch damit anfangen? Du hast ja kein *Sten*.«

»Ich werde mir eins besorgen. Du mußt doch ein paar *Sten*-Patronen dabei haben! Ihr werdet ja durch Fallschirmabwürfe versorgt!«

»Du siehst doch, ich habe einen Karabiner und kein *Sten*.«

»Wenn ich die Wahl gehabt hätte wie du«, sagte der Junge noch, »hätte ich mir ein *Sten* zugelegt. Mit dem Ding da kann man keine Garben schießen, und das macht mir am meisten Spaß.«

Über der ansteigenden Straße erhob sich das halb zerfallene Dach eines armseligen Hauses, das am Abhang unterhalb der Straße lag. Der Wachposten ging geradewegs darauf zu.

»Das kann doch nicht die Kommandantur sein«, sagte Milton. »Das ist allenfalls ein Vorposten.« Der Junge gab keine Antwort und rutschte den Abhang hinunter. »Ich will zur Kommandantur«, verlangte Milton. »Ich habe dir gesagt, daß ich ein Freund von Hombre bin.« Aber der Junge war schon auf den völlig verschlammten Vorplatz gesprungen. Er drehte sich kaum um, als er sagte: »Hier geht's lang. Ich habe den Befehl von Nèmega, alle zuerst hierherzubringen.«

An der Hauswand, unter dem vorspringenden Dach, standen und kauerten ein halbes Dutzend Partisanen. Auf der einen Seite war ein halb eingestürzter Laubengang voller Hühnerkäfige; es war dunkel und roch nach Schweiß, nassen Uniformen und Hühnermist.

Einer der Männer blickte auf und sagte mit überraschender Fistelstimme: »Sieh mal an, ein Badoglianer! Welche Ehre für uns! Seht euch bloß an, wie die bewaffnet und bekleidet sind!«

»Du kannst dir auch gleich ansehen, wie verdreckt ich bin!« erwiderte Milton in aller Ruhe.

»Ja, und das ist der berühmte amerikanische Karabiner«, meinte ein anderer.

Und ein dritter, mit so viel Bewunderung in der Stimme, daß für Neid kein Platz blieb: »Und das ist der Colt. Den müßt ihr fotografieren. Das ist schon keine Pistole mehr, das ist eine kleine Kanone. Größer als die Llama von Hombre. Stimmt es, daß der ebenso gut schießt wie die Thompson?«

Der Posten war in ein großes Zimmer vorausgegangen, das, abgesehen von zwei alten Bänken und den Überresten eines Backtrogs, ganz kahl war. Man konnte kaum etwas sehen, und der Junge zündete eine Petroleumlampe an. Sie verbreitete nur wenig Licht und einen schwarzen, fettigen Rauch, der zum Niesen reizte.

»Nèmega kommt gleich«, sagte der Junge und war schon wieder draußen, ehe Milton ihn fragen konnte, wer denn dieser Nèmega sei.

Der Junge kehrte nicht zu seinem Platz am Felsen zurück, sondern blieb bei den andern vor dem Haus. Einer von ihnen zielte zum Schein auf einen Kettenhund, den Milton im Vorbeigehen nicht bemerkt hatte.

»Was willst du?«

Milton fuhr herum. Nèmega war alt, bestimmt schon dreißig, und hatte ein Gesicht wie die Vorderansicht eines Bunkers, mit Augen und Mund wie Schießscharten. Er trug eine wasserdichte Jacke, die unter dem pausenlosen Regen fast die Form einer Pappschachtel angenommen hatte.

»Ich will mit dem Kommandeur Hombre sprechen.«

»Worüber?«

»Das werde ich ihm selber sagen.«

»Und wer bist du, daß du mit Hombre sprechen willst?«

»Ich bin Milton von der zweiten Badoglio-Division. Brigade Mango.« Er gab Pascals Brigade an, weil sie größer und bekannter war als Meos Brigade.

Nèmegas Augen waren kaum zu sehen.

»Bist du Offizier?« fragte er.

»Nein, ich bin kein Offizier, aber ich habe Offiziersbefugnisse. Und wer bist du? Bist du Offizier, Kommissar oder Vizekommissar?«

»Weißt du, daß wir auf euch Badoglio-Leute nicht gut zu sprechen sind?«

Milton sah ihn melancholisch und interessiert zugleich an: »Weshalb?«

»Ihr habt einen Mann aufgenommen, der von uns desertiert ist. Einen gewissen Walter.«

»Das ist alles? Aber das ist einer unserer Grundsätze. Bei uns steht es jedem frei, sich uns anzuschließen oder uns zu verlassen. Vorausgesetzt natürlich, daß er nicht zu den Schwarzen Brigaden geht.«

»Wir sind zu euern Stellungen gegangen, um den Mann zurückzuholen, ihr habt ihn nicht herausgerückt, sondern uns obendrein mit den *Brens* verjagt.«

»Wo war das?« seufzte Milton.

»In Cossano.«

»Wir sind aus Mango, aber ich denke, wir hätten genauso gehandelt. Ihr wart im Unrecht, wenn ihr einen

Mann zurückverlangt habt, der nichts mehr von euch wissen wollte.«

»Damit wir uns recht verstehen«, erwiderte Nèmega und schnalzte mit den Fingern, »nicht der Mann hat uns interessiert, sondern die Waffe. Er ist mit dem Gewehr desertiert, und das Gewehr gehörte der Brigade, nicht ihm. Nicht mal das Gewehr habt ihr zurückgeben wollen, dabei habt ihr doch die Fallschirmabwürfe und werdet so reichlich mit Waffen und Munition versorgt, daß ihr sie vergraben müßt. Es stimmt nicht, was Walter behauptet hat, daß nämlich das Gewehr ihm gehörte und er es zur Brigade mitgebracht habe. Die Waffe war Eigentum der Brigade. Von mir aus können solche Kerle wie Walter zu Dutzenden abhauen, aber wir können uns nicht leisten, auch nur eine einzige Waffe zu verlieren. Sag Walter, falls du ihn siehst, er soll sich ja nie hierher verirren und lieber einen Bogen um unser Gebiet machen.«

»Ich will's ihm ausrichten. Ich laß ihn mir zeigen und werd's ihm ausrichten. Kann ich jetzt mit Hombre sprechen?«

»Kennst du Hombre? Persönlich meine ich, nicht bloß vom Hörensagen.«

»Wir waren zusammen im Gefecht von Verduno.«

Das schien Eindruck zu machen; Nèmega sah fast aus, als hätte man ihn auf frischer Tat ertappt, und Milton schloß daraus, daß Nèmega zur Zeit von Verduno noch nicht in den Hügeln war.

»Aha«, meinte er. »Aber Hombre ist nicht da.«

»Er ist nicht da?! Eine Viertelstunde schwatzt du mir von Walter und seinem erbärmlichen Gewehr vor, um mir schließlich zu sagen, daß Hombre nicht da ist? Wo steckt er denn?«

»Draußen.«

»Wo draußen? Weit draußen?«

»Auf der anderen Seite vom Fluß.«

»Ich werde noch wahnsinnig. Was macht er denn dort?«

»Das kann ich dir sagen. Benzin. Lösungsmittel, das als Benzin verwendet werden kann.«

»Kommt er bis heute abend nicht zurück?«

»Es wäre ein Wunder, wenn er heute nacht noch zurückkäme.«

»Ich bin in einer wichtigen und sehr dringenden Angelegenheit hier. Habt ihr einen gefangenen Faschisten?«

»Wir? Wir haben nie welche. Im Augenblick, wo wir sie schnappen, sind sie auch schon hinüber.«

»Wir sind auch nicht zarter besaitet«, sagte Milton. »Ein Beweis dafür ist, daß wir keinen haben und uns deshalb an euch wenden, ob ihr uns nicht einen zur Verfügung stellen könntet.«

»Das sind ja ganz neue Sitten«, erwiderte Nèmega. »Wir sollen ihn euch wohl schenken?«

»Ausleihen. Nur ausleihen. Ist wenigstens der Kommissar da?«

»Wir haben noch keinen. Vorläufig kommt der Divisionskommissar von Monforte manchmal vorbei.«

Nèmega stellte die Petroleumflamme größer und

sagte, als er zurückkam: »Was wollt ihr denn mit dem Gefangenen? Gegen einen von euch austauschen? Wann haben sie ihn denn erwischt?«

»Heute morgen.«

»Wo?«

»Am andern Abhang, Richtung Alba.«

»Wie?«

»Im Nebel. Bei uns war er wie Milchsuppe.«

»Ist es dein Bruder?«

»Nein.«

»Also ein Freund von dir? Natürlich, wenn du durch den Schlamm bis hierher gewatet bist, um uns anzubetteln! Aber könnt ihr euch nicht ein bißchen in der Umgebung umtun und euch selbst einen schnappen?«

»Natürlich«, antwortete Milton. »Unsere Leute streifen schon in der Gegend herum. Daher hätten wir euch den Mann auch sicher bald zurückgeben können. Aber immerhin ist das nicht so einfach wie die Weinlese im September. Es könnte ein paar Tage dauern, und inzwischen, vielleicht gerade während wir hier Worte machen, wird mein Kamerad an die Wand gestellt.«

Nèmega fluchte leise, aber kräftig.

»Also, ihr habt keinen?«

»Nein.«

»Früher oder später werde ich Hombre treffen, dann berichte ich ihm von meinem Besuch hier.«

»Du kannst ihm sagen, was du willst«, erwiderte Nèmega trocken. »Ich habe nichts zu fürchten. Ich hab dir gesagt, daß wir keinen Gefangenen haben, und das ist die Wahrheit. Aber warte einen Augenblick, ich hol einen, der dir sagen kann, warum wir keine haben.«

»Es ist zwecklos...«, wollte Milton erwidern, aber Nèmega war schon im Innern des alten Hauses verschwunden und rief: »Paco, Paco«.

Bei diesem Namen fuhr Milton zusammen. Ob es derselbe Paco war, den er kannte? Aber das konnte nicht sein, gewiß war es ein anderer. Und doch konnte es nicht viele Partisanen mit dem Decknamen Paco geben.

Schon wieder hörte er Nèmega »Paco« rufen.

Milton erinnerte sich an einen Paco, der einmal, zu Beginn des Sommers, Badoglianer gewesen war, im Befehlsbereich Neive. Dann hatte er wegen einer Beschlagnahme mit seinem Kommandeur Pierre Streit gehabt und war verschwunden, ein paar hatten schon vermutet, daß er zur Stella Rossa übergewechselt sei.

»Aber dieser Paco ist es sicher nicht«, überlegte Milton abschließend.

Und doch war er es, unverändert, dick, schwammig, mit Händen wie Bäckerschaufeln und dem roten Schopf über der gelben Stirn. Bereits beim Eintreten hatte er Milton erkannt. Er hatte seinen Gefühlen schon immer freien Lauf gelassen, und schließlich ging auch Milton etwas aus sich heraus.

»Milton, altes Haus, erinnerst du dich noch an Neive?«

»Natürlich. Aber du bist dann abgehauen. War es wegen Pierre?«

»Ach was!« antwortete Paco. »Alle denken, ich hätte mich wegen Pierre aus dem Staub gemacht, aber das stimmt nicht. Neive paßte mir einfach nicht.«

»Mir hat's gefallen.«

»Aber mir nicht. Zuletzt konnte ich mich selbst nicht mehr ausstehen, kein Auge hab ich mehr zugemacht. Vielleicht war's bloß Einbildung, aber die Lage dort gefiel mir nicht, und dann paßte mir nicht, daß der Ort in zwei Teile zerfiel und daß die Bahnlinie mitten hindurch ging. Am Ende konnte ich sogar die Glocken nicht mehr hören, wenn sie die Stunden schlugen.«

»Und wie geht's dir jetzt bei der Garibaldi?«

»Nicht schlecht. Aber es kommt ja nicht darauf an, ob man rot oder blau ist, es kommt einzig darauf an, so viele Schwarze umzulegen, wie herumlaufen.«

»Du hast recht«, pflichtete Milton ihm bei. »Kannst du mir sagen, ob Hombre einen faschistischen Gefangenen hat?«

Paco schüttelte augenblicklich den Kopf.

»Steck dir eine Englische an«, sagte Milton und hielt ihm das Päckchen hin.

»Ja, ich probier gern mal eine. Als ich bei den Badoglianern war, haben die Engländer noch nichts abgeworfen.«

»Stimmt es, daß Hombre draußen ist?«

»Ja, am andern Flußufer. Milder Tabak, die reine Damenzigarette.«

»Ja. Also ihr habt keinen Gefangenen?«

»Du kommst einen Tag zu spät«, erwiderte Paco leise.

Milton grinste vor Verzweiflung. »Das hättest du mir lieber nicht sagen sollen, Paco. Wer war's denn?«

»Ein Gefreiter von der Littorio.«

»Der wäre gerade das Richtige für mich gewesen.«

»Ein spindeldürrer Kerl. Ein Lombarde. Brauchst du einen zum Austauschen? Wen von euch haben sie denn geschnappt?«

»Giorgio«, antwortete Milton. »Ein Kamerad aus Mango. Vielleicht kannst du dich an ihn erinnern. So ein hübscher, eleganter Junge...«

»Ich glaube, ja.«

Milton senkte den Kopf und rückte den Karabiner auf der Schulter zurecht.

»Ausgerechnet gestern«, flüsterte Paco, »ausgerechnet gestern haben wir ihn ins Jenseits befördert.«

Sie gingen wieder auf den Vorplatz hinaus. Die fünf oder sechs anderen waren wer weiß wohin verschwunden, nur der Kettenhund knurrte, als müsse er erstikken und wollte sich auf sie stürzen. Es war schon stockfinster und ein heftiger Wind wehte.

Paco begleitete ihn auf die Straße und dann noch ein Stück weiter. »Du bist ein Blauer, den ich schon immer leiden mochte«, sagte er.

Als sie auf der Straße waren, sagte Paco: »Willst du wissen, wie er gestorben ist?«

»Nein. Mir langt's, daß er hinüber ist.«

»Dafür kann ich dir garantieren.«

»Hast du ihn umgelegt?«

»Nein. Ich hab ihn nur eskortiert. Bis in einen Wald, den man von hier nicht sieht. Dann hab ich gemacht, daß ich fortkam. Wer ihn erledigt, soll ihn auch zuschaufeln, oder?«

»Stimmt.«

»Er hat noch zweimal geschrien. Weißt du, was er gebrüllt hat? ›Es lebe der Duce!‹«

»Seine Sache«, sagte Milton.

Es regnete nicht mehr, aber bei dem böigen Wind tropfte das Regenwasser aus den Akazien auf sie herab. Milton und Paco zitterten. Der große Kalkfelsen war in der Dunkelheit kaum zu sehen.

Paco spürte, daß Milton sich nicht länger sträuben würde, und erzählte:

»Gestern hat er's noch den ganzen Vormittag mit seinem dreckigen Duce gehabt. Ich mußte ihn bewachen. Gegen zehn schickte Hombre einen mit dem Motorrad los, um den Pfarrer von Benevello zu holen, weil dieser Gefreite einen Priester wollte. Der Pfarrer von Benevello hat mich gestern zum Lachen gebracht. Kaum daß er aus dem Beiwagen geklettert ist, läuft er auch schon zu Hombre und redet auf ihn ein: ›Jetzt langt's mir aber, immer bin ich es, der euern Verurteilten die Beichte abnehmen muß! Nächstes Mal holt euch gefälligst den Pfarrer von Roddino. Abgesehen davon, daß er jünger ist als ich und näher bei euch wohnt, bitte ich mir auch mal eine Ablösung aus, ein bißchen Abwechslung, um unseres Herrn Jesu Christi willen!‹«

Milton lachte nicht, und Paco fuhr fort: »Also, der Soldat und der Pfarrer verdrücken sich die halbe Kellertreppe hinunter. Ich und Giulio standen oben an der Treppe und hätten ihn sofort erledigt, wenn er nur eine falsche Bewegung gemacht hätte. Aber von dem, was die beiden sich erzählten, konnten wir kein Wort verstehen. Nach zehn Minuten kommen sie wieder 'rauf, und der Pfarrer sagt zu ihm: ›Ich habe dich mit Gott ins reine gebracht, bei den Menschen kann ich leider nichts für dich tun‹, und macht sich aus dem Staub. Der Gefreite bleibt bei mir und Giulio. Er hat wohl gezittert, aber nicht sehr. ›Worauf warten wir noch? Ich bin bereit‹ sagt er.

Und ich: ›Deine Zeit ist noch nicht gekommen.‹

›Soll das heißen, daß ihr mich heute nicht umlegt?‹

›Heute schon, aber nicht gleich.‹

Da haut es ihn mitten auf den Vorplatz hin, der Schlamm hat nur so gespritzt, und er steckt den Kopf zwischen die Hände. Ich sag zu ihm: ›Falls du noch einen Brief schreiben willst, den man dem Pfarrer mitgeben kann...‹

Und er: ›An wen sollte ich denn schreiben? Du weißt ja nicht, daß ich der Sohn einer Hure und eines abgefeimten Kerls bin. Oder soll ich an den Vorsteher des Waisenhauses schreiben?‹

Und Giulio: ›Na ja, in dieser Republik gibt's ja eine ganze Menge Niemandskinder!‹ Gleich danach sagte Giulio zu mir, daß er für fünf Minuten weg muß, weil er was zu erledigen habe, geht und läßt mir seine Waffe da. ›Der geht scheißen‹, sagt der Gefreite, ohne ihm nachzusehen. ›Willst du auch?‹ fragte ich. ›Eigentlich schon, aber was soll's noch?‹

›Dann rauch wenigstens eine Zigarette‹, sage ich und halte ihm die Packung hin, aber er lehnt ab. ›Ich bin's nicht gewöhnt. Du wirst es nicht glauben, aber ich bin das Rauchen nicht gewöhnt.‹

›Rauch doch, besonders stark sind sie nicht, sie sind ganz ordentlich.‹

›Nein, ich bin das Rauchen nicht gewöhnt. Wenn ich jetzt rauche, hör ich überhaupt nicht mehr auf zu husten. Und ich will doch schreien. Wenigstens das will ich.‹

›Schreien? Jetzt?‹

›Jetzt noch nicht, erst wenn es soweit ist.‹

›Schrei soviel du Lust hast!‹ sage ich. ›Ich will schreien: es lebe der Duce!‹ verkündet er da. ›Schrei doch, was du willst‹, sag ich, ›hier regt sich kein Mensch drüber auf. Aber denke daran, daß du dir damit bloß unnütze Mühe machst. Dein Duce ist doch bloß ein feiger Lump!‹

›Ha!‹ macht er, ›der Duce ist ein großer, ein ganz großer Held! Ihr, ihr seid die feigen Lumpen. Und auch wir, seine Soldaten, sind feige Lumpen. Wären wir keine feigen Lumpen, hätten wir nicht so dahingewurstelt, dann hätten wir euch heute längst erledigt, dann hätten wir noch auf dem letzten eurer Hügel unsere Fahne gehißt. Aber der Duce ist ein großer Held, und ich werde beim Sterben laut rufen: Es lebe der Duce!‹

Und ich: ›Ich hab dir schon gesagt, du kannst

schreien, was du willst, aber du machst dir damit bloß unnütze Mühe. Ich bin überzeugt, daß du viel anständiger sterben wirst als er, wenn er einmal dran ist. Und das wird bald sein, wenn's auf der Welt überhaupt noch eine Gerechtigkeit gibt.‹

›Und ich sage dir, der Duce ist ein großer Held, ein Held, wie's noch nie einen gegeben hat, und wir Italiener allesamt, ihr und wir, wir sind bloß Gewürm, das seiner nicht wert ist.‹

Und ich: ›Ich will jetzt nicht mit dir streiten. Aber dein Duce ist doch ein feiger Lump, ein Lump, wie's noch nie einen gegeben hat. Das hab ich seinem Gesicht angesehen. Hör zu. Vor einiger Zeit hab ich mal eine Zeitung von damals gefunden, aus der Zeit, wo ihr noch ganz groß dagestanden seid, mit einer halbseitigen Fotografie von ihm und die hab ich eine Stunde lang studiert. Also, ich hab's seinem Gesicht angesehen. Und ich sag's nur, weil ich nicht will, daß du dir unnütze Mühe machst und ihn vor deinem Tod hochleben läßt. Mir ist das sonnenklar. Wenn's ihn einmal trifft, wie's dich jetzt trifft, wird er bestimmt nicht wie ein Mann sterben. Nicht mal wie ein Weib. Wie ein Schwein wird er sterben, das sehe ich kommen. Er ist ein unglaublich feiger Lump.‹

›Es lebe der Duce!‹ sagt er, aber leise vor sich hin und hält sich den Kopf mit den Fäusten. Und ich bin immer noch geduldig und antworte: ›Er ist ein feiger Lump. Wer von euch am jämmerlichsten stirbt, der stirbt immer noch wie ein Gott im Vergleich zu ihm. Er ist ein kolossal feiger Lump. Er ist der feigste italienische Lump, den es je gegeben hat, und so einen wie ihn wird's nie wieder geben, und wenn Italien noch eine Million Jahre lang besteht.‹

Und er schon wieder: ›Es lebe der Duce!‹, und immer noch ganz leise. Dann kommt Giulio und sagt: ›Wir sollen uns beeilen, heißt es.‹ Und ich zum Gefreiten: ›Steh auf!‹

›Aber ja‹, sagt er, ›gehen wir aus der Sonne!‹ Dabei regnet es fingerdicke Tropfen.«

Sie waren jetzt in Sichtweite der kleinen Brücke.

»Du brauchst nicht mehr weiter mitzukommen«, meinte Milton. »Es ist bloß ärgerlich, daß ich mich wieder wie ein Schwein durch den Schlamm wühlen muß.«

»Warum denn?«

»Die Brücke. Sie ist doch unterminiert?«

»Keine Spur. Woher sollten wir den Sprengstoff nehmen? Und was hast du jetzt vor?«

»Ich geh zu meinen Leuten zurück.«

»Und wie willst du deinem Kameraden helfen?«

Milton zögerte, dann sagte er ihm, was er vorhatte.

Paco pfiff durch die Zähne. »Sag mal, in welcher Richtung willst du's denn versuchen? Alba, Asti oder Canelli?«

»Asti ist zu weit weg. In Alba bin ich zu Hause, und wenn was schiefgeht... es ist mir zuwider, daß mir das in meiner Heimatstadt passieren könnte. Sie würden in ganzen Prozessionen kommen, um mich zu begaffen. Und wenn's Krawall gibt, wenn ich schießen muß, um mich abzusetzen, dann haben sie sofort Giorgio, an dem sie ihre Wut auslassen können.«

»Bleibt Canelli«, sagte Paco, »aber du weißt besser als ich, daß in Canelli die ganze San Marco liegt. Da hast du dir den übelsten Teich zum Fischen ausgesucht.«

»Von hinten gepackt, sind alle gleich.«

8

Anstatt wieder in Treiso bei Leo zu sein, saß Milton um zehn Uhr abends in einem verlassenen Bauernhaus auf den Ausläufern des Hügels, der auf Santo Stefano und Canelli hinuntersieht, zwei Wegstunden von Treiso entfernt.

In der Dunkelheit hatte er sich auf sein Gespür verlassen müssen, um das Haus zu finden, aber er kannte es, auch ohne es zu sehen. Niedrig war es und windschief, als hätte es einmal einen fürchterlichen Schlag aufs Dach bekommen und sich nie wieder davon erholt. Grau war es, genauso grau wie der Tuffstein in der Talsenke, mit schiefen, kleinen Fenstern, die fast alle mit Brettern vernagelt waren, die Wind und Wetter gebleicht hatten, ringsherum lief ein hölzerner Balkon, der auch schon morsch und mit Blechstücken von Benzinkanistern ausgebessert war. Ein Seitenflügel war abgetragen, die Trümmer lagen um einen wilden Kirschbaum verstreut. Das einzige Freundliche an diesem Haus war das neugedeckte Dach, aber es wirkte so erschreckend wie eine rote Nelke im Haar einer alten Dirne.

Milton rauchte und starrte auf die glimmenden Maisknorzen im Herd, er hatte der alten Frau den Rücken zugekehrt, die die Abendbrotteller in eine Schüssel mit kaltem Wasser tauchte. Er hatte schon

Zivil an und fühlte sich darin nur halb angezogen. Besonders die Jacke schien ihm so leicht, ganz sommerlich; und er wirkte in ihr noch magerer als sonst. Den Karabiner hatte er in eine Ecke am Kamin abgestellt, neben ihm auf der Bank lag seine Pistole.

Die Alte sagte, ohne sich umzusehen: »Du hast Fieber. Brauchst nicht mit den Achseln zu zucken. Wenn man doch Fieber hat, soll man nicht mit den Achseln zucken. Du hast zwar kein hohes Fieber, aber gesund bist du nicht.«

Bei jedem Zug mußte Milton husten oder sich krampfhaft bemühen, den Husten zu unterdrücken.

»Diesmal hab ich dir ein schlechtes Essen vorgesetzt«, sagte die Frau.

»Durchaus nicht! Sie haben mir sogar ein Ei spendiert!«

»Findest du nicht auch, daß dieses Feuer aus Maisknorzen gar nicht recht wärmen will? Aber ich muß mit dem Holz sparen. Der Winter wird lange dauern.«

Milton nickte. »Es wird der längste Winter der Weltgeschichte. Sechs Monte Winter.«

»Warum gerade sechs Monate?«

»Ich hätte nie gedacht, daß wir schon einen zweiten Winter durchhalten müssen. Und da soll mir jetzt keiner behaupten, er hätte es vorausgesehen.«

Er drehte sich halb zu der Alten um. »Letzten Winter hatte ich eine lammfellgefütterte Jacke. Mitte April hab ich sie weggeworfen, obwohl sie wunderschön war und ich nur ungern was wegwerfe. Wissen Sie, schon als Junge, ehe ich in den Krieg mußte, hat es mir immer leid getan, die Zigarettenkippen wegzuwerfen, besonders nachts im Dunkeln. Die Kippen haben mir immer leid getan. Die Pelzjacke hab ich in der Nähe von Murazzano hinter eine Hecke geworfen. Damals war ich sicher, daß wir den Faschismus vor dem nächsten Winter schon zweimal gestürzt hätten.«

»Und jetzt? Wann wird der Krieg endlich vorbei sein?«

»Im Mai.«

»Im Mai!«

»Darum sage ich ja, daß wir sechs Monate Winter haben werden.«

»Im Mai«, wiederholte die Frau leise. »Das ist natürlich noch furchtbar lange hin, aber wenn ein so vernünftiger und studierter junger Mann das sagt wie du, so ist es immerhin ein fester Termin. Und was die armen Leute brauchen, ist eben ein fester Termin. Von heute abend an will ich glauben, daß unsere Männer ab Mai wieder auf den Markt gehen können wie früher, ohne unterwegs zu sterben. Und die jungen Leute können im Freien tanzen, und die jungen Frauen werden gern schwanger werden, und wir alten Frauen können uns vors Haus setzen, ohne zu fürchten, daß dort ein bewaffneter Fremdling steht. Und an schönen Maiabenden können wir 'rausgehen und zum Vergnügen die beleuchteten Dörfer betrachten.«

Während die Frau sprach und den Sommer des Friedens beschrieb, zeichnete sich eine schmerzliche Falte auf Miltons Gesicht ab und blieb dort stehen. Ohne Fulvia würde es für ihn keinen Sommer geben, er würde der einzige sein auf der Welt, den es mitten in diesem Sommer frieren würde. Wenn aber Fulvia ihn nach dem Krieg erwarten würde… Er mußte sich schon morgen unbedingt Klarheit verschaffen.

An alles das konnte er denken, weil die Frau eine Zeitlang schwieg und wieder auf den Regen horchte, der auf das Dach trommelte.

»Findest du nicht auch«, sagte sie, »daß der Herrgott es auf mein Dach stärker regnen läßt als anderswo?«

Sie ging an Milton vorbei, schüttete ein paar Knorze ins Feuer und blieb vor ihm stehen, dürr, schmierig, zahnlos, ihre Hände, die nur noch Knochenbündel waren, an den Seiten, während Milton sich mühte, die junge Frau, das Mädchen in ihr zu sehen, die sie ja einmal gewesen war.

»Und dein Kamerad?« fragte sie. »Der arme Junge, der heute früh das Pech hatte?«

»Keine Ahnung«, antwortete er und starrte krampfhaft auf den Estrich.

»Man sieht, wie sehr du darunter leidest. Konntet ihr denn gar nichts für ihn tun?«

»Nichts. In der ganzen Division gibt's keinen einzigen Gefangenen zum Austauschen.«

Die Alte hob die Arme. »Da siehst du, daß man die Gefangenen für so einen Fall aufheben soll. Denn ihr habt ja welche gehabt. Einen hab ich selbst vor ein paar Wochen gesehen, wie er auf dem Pfad vor meinem Haus vorbeikam, die Augen verbunden, die Hände gefesselt, und Firpo hat ihn mit den Knien vorwärtsgestoßen. Vom Hof aus hab ich ihm zugerufen, er solle doch Erbarmen haben, denn Erbarmen hätten wir alle einmal nötig. Wie ein Wilder hat Firpo sich umgedreht und mich eine alte Hexe geheißen, und wenn ich nicht gleich verschwände, würde er mir eins aufbrennen. Firpo, der sich wohl hundertmal bei mir sattgegessen und hier geschlafen hat. Siehst du, daß man die Gefangenen aufheben sollte?«

Milton schüttelte den Kopf. »Diesen Krieg kann man nur ohne Erbarmen führen. Und dann sind nicht wir es, die darüber entscheiden, sondern der Krieg entscheidet für uns.«

»Kann schon sein«, sagte sie, »aber dort unten in Alba, in dieser verfluchten Stadt, die Alba jetzt ist, haben sie ihn inzwischen wohl schon umgebracht. Umgebracht, wie unsereins ein Kaninchen schlachtet.«

»Ich weiß nicht, ich glaube noch nicht. Als ich von Benevello zurückkam, bin ich auf der Straße nach Montemarino Otto vom Abschnitt Como begegnet. Kennen Sie Otto?«

»Ich kenne auch Otto. Mehr als einmal hat er hier gegessen und geschlafen.«

»Otto wußte überhaupt noch nichts. Sein Abschnitt liegt Alba am nächsten. Otto hätte es gewußt, wenn sie ihn schon umgebracht hätten.«

»Dann braucht man also bis morgen nichts zu befürchten?«

»Das ist nicht gesagt. Beim letzten Mal haben sie einen von uns um zwei Uhr morgens erschossen.«

Die Alte hob die Hand.

»Wenn ich mich nicht irre, war er auch aus Alba.«

»Ja.«

»Wart ihr Freunde?«

»Wir sind gleichaltrig.«

»Und du?«

»Was und du?« fuhr Milton auf. »Ich... was kann ich denn dran ändern?«

»Ich wollte sagen, daß du genausogut an seiner Stelle hättest sein können.«

»Ja, gewiß.«

»Hast du daran gedacht?«

»Ja.«

»Und hast du nicht..?«

»Nein. Überhaupt nicht. Ich bin entschlossener denn je.«

»Lebt deine Mutter noch?«

»Ja.«

»Und an sie denkst du nicht?«

»Doch. Aber immer erst danach.«

»Wonach?«

»Wenn die Gefahr vorbei ist. Vor oder in der Gefahr nie.«

Die Alte seufzte erleichtert auf und lächelte.

»Ich war so verzweifelt«, sagte sie, »ich hab mich so abgequält, daß sie schon drauf und dran waren, mich ins Irrenhaus zu schaffen...«

»Was sagen Sie da?«

»Ich rede von meinen beiden Söhnen«, erwiderte sie und lächelte, »die mir im Jahre zweiunddreißig am Typhus gestorben sind. Einer war einundzwanzig, der andere zwanzig. Ich war so verzweifelt, wie von Sinnen war ich, daß mich selbst die einliefern wollten, die mich wirklich gern mochten. Jetzt aber bin ich froh. Jetzt, wo der Schmerz mit der Zeit vergangen ist, bin ich froh und ganz ruhig. Wie gut haben's meine Söhne selig, wie gut haben sie's unter der Erde, in Sicherheit vor den Menschen...«

Milton bedeutete ihr zu schweigen. Er packte den Colt und richtete ihn auf die Tür. »Ihr Hund!« sagte er leise zu der Alten. »Es gefällt mir nicht, wie er sich aufführt.«

Der Hund draußen knurrte dumpf, man konnte es durch das eintönige Geräusch des Regens deutlich hören. Milton hatte sich halb von der Bank erhoben und hielt die Pistole immer noch auf die Tür gerichtet.

»Laß dich nicht stören«, sagte die Alte lauter als sonst. »Ich kenne das Tier. Der knurrt nicht etwa, weil Gefahr droht, sondern weil er mit sich selbst beschäftigt ist. Ein Hund, der sich selber nicht ausstehen kann, der sich noch nie hat ausstehen können. Es sollte mich nicht wundern, wenn ich eines Morgens auf den Hof käme und sähe, daß er sich mit den eigenen Pfoten aufgehängt hat.«

Der Hund knurrte immer noch. Milton horchte noch eine Weile, dann legte er die Pistole beiseite und setzte sich wieder. Die Alte hatte sich hinten in die Ecke zurückgezogen.

Plötzlich wandte sie sich neugierig Milton zu und fragte, was er gesagt hatte.

»Ich hab nichts gesagt.«

»Freilich hast du was gesagt.«

»Nicht daß ich wüßte.«

»Ich bin alt und höre vielleicht nicht mehr so gut. Aber du hast von vier gesprochen. Vielleicht hast du einer von den vieren gesagt.«

»Möglich. Aber ich hab nichts bemerkt.«

»Es ist noch keine Minute her. Hast du an was gedacht mit 'ner vier in der Mitte?«

»Ich erinnere mich nicht. Hier ist ja keiner mehr normal. Bloß der Regen ist normal.«

Tatsächlich hatte er intensiv an »einen der vier« gedacht und hatte es zuletzt offenbar laut gesagt. Und er dachte weiter daran, während ihm aus der Erinnerung der durchdringende Gestank nach gekochter Rinderlunge in die Nase stieg, der an jenem Morgen die Osteria von Verduno erfüllt hatte.

Es war das erste Mal, daß Blaue und Rote zusammen gekämpft hatten. Der Abschnitt Verduno wurde von den Badoglianern kontrolliert, während der gegenüberliegende Hang von einer Roten Brigade unter dem Kommando von Victor, dem Franzosen, besetzt war. Ein Bataillon des Regiments von Alba war bereits unten im Tal zu sehen. Sie hatten Infanterie und Kavallerie, aber die Kavallerie war erst im letzten Augenblick hinzugestoßen. Ihre Infanterie rückte ganz vernunftswidrig vor, ohne sich durch eine Vorhut abzusichern, ohne Flankenschutz, ohne alles. Victor, der schon auf dem Dorfplatz war, hatte sie lange durch sein Fernglas beobachtet, dann sagte er: »Nehmen wir sie nicht unter Feuer, während sie anrücken, sollen sie denken, das Dorf sei nicht verteidigt und friedlich, dann empfangen wir sie auf den Straßen und auf dem Platz, *à bout portant*, urplötzlich. Sie merken's erst, wenn sie in der Falle sitzen, die Trottel.« Zur Beratung hatten sie sich in die Osteria zurückgezogen, wo es so ekelhaft nach gekochter Rinderlunge stank. Edo, der badoglianische Kommandeur, war gegen Victors Plan, weil das Dorf nachher fürchterlichen Vergeltungsmaßnahmen ausgesetzt wäre. Es sei viel besser, hatte er gemeint, außerhalb des Dorfes, auf offenem Feld zu kämpfen, und wie immer das Treffen ausgehen mochte, hätte das Dorf dann keine Repressalien zu befürchten.

»Typisch ist das, typisch blau!« flüsterte Hombre, der damals noch einfacher Gruppenführer war, zu Milton hinüber. Milton und ein paar andere Blaue unterstützten Victors Plan, aber Edo rückte nicht von seinem Standpunkt ab. Er dachte wie ein Berufsoffizier, und vor allem war er überzeugt, daß, mochte der Endsieg auch gewiß sein, die Partisanen bis dahin alle kleinen und größeren Kämpfe unweigerlich verlieren würden. Da sagte Victor, halb französisch und halb italienisch: »Verduno ist euer Befehlsbereich, aber ich sitze drin und ziehe mich nicht zurück. Verteidigt ihr es doch von draußen, ich werde es von drinnen verteidigen. Und Verduno wird auf jeden Fall hineingezogen, denn allein mit meinen Streitkräften kann ich sie nicht aufhalten.« Das überzeugte auch Edo, und er gab nach.

Man war also übereingekommen, sie im Dorf selbst

zu überrumpeln und vorher nicht das geringste Lebenszeichen zu geben. Milton hatte hinter dem Mäuerchen, das den Dorfplatz umgab, Stellung bezogen, neben ihn hatte sich ausgerechnet Hombre hingekauert. Gemeinsam beobachteten sie, wie die Faschisten heraufkamen. Ein Teil zog die Straße entlang, ein anderer über die Felder und Wiesen. Diese Männer hatten es schwerer, sie rutschten oft aus, vor knapp einer Woche erst war der letzte Schnee weggetaut, und wären die Offiziere nicht gewesen, so wären sie alle miteinander über die Straße heraufgetrottet wie eine Herde. Jetzt waren sie schon so nah und die Luft war so klar, daß Milton gut erkennen konnte, wer von ihnen einen Bart oder Schnurrbart hatte, wer eine Schnellfeuerwaffe trug und wer ein Gewehr. Dann wandte er sich um und betrachtete die Aufstellung im Dorf; neben der Dorfwaage hatten Victor und das Gros seiner Leute mit dem Saint-Etienne Stellung bezogen. Auf der anderen Seite standen seine Blauen mit dem amerikanischen MG. Sie blieben noch einige Augenblicke hinter dem Mäuerchen, dann krochen sie auf allen vieren zurück, und Milton gesellte sich zu den Badoglianern, die unter dem Laubengang des Gemeindebüros standen. Hombre ging nicht zu seiner Gruppe, er sonderte sich ab und zog sich hinter die Ecke des Tabakladens zurück. Der erste, der heraufkam – ein großer, dicker Unteroffizier mit einem Schnauzbart – tauchte genau vor dem Tabakladen auf. Hombre beugte sich vor und mähte ihn von der Ecke aus nieder. Nicht auf den Körper zielte er, sondern auf den Kopf, und man sah den halben Schädel mitsamt dem Helm des Unteroffiziers davonfliegen.

Hombres Garbe war der Auftakt zur allgemeinen Feuereröffnung. Die Faschisten gaben nur wenige Schüsse ab, sie waren zu erschrocken und kamen gar nicht mehr zur Besinnung. Victors Saint-Etienne richtete das größte Blutbad an. Nachher zählte man auf der Straße vor der Waage achtzehn Gefallene. Vor der Waage war die Straße gepflastert und abschüssig, dort rann das Blut wie Wein, und Gehirnfetzen schwammen obenauf. Milton erinnerte sich, daß Giorgio Clerici sich übergab und ohnmächtig wurde und daß sie ihn wie einen Schwerverwundeten pflegen mußten.

Jetzt waren keine Schüsse mehr zu hören, nur noch Geschrei. Die noch lebenden Faschisten schrien und auch die Leute in den Häusern. Um sich von der Straße zu retten, waren die Soldaten trotz der Verbarrikadierungen in die Häuser eingedrungen, sie hatten sich unter Betten und Backtrögen versteckt, sogar unter den Röcken der Alten, in den Ställen unterm Futter und zwischen den Tieren. In einer Seitengasse hörte man Victor dahinstampfen und laut brüllen »En avant! En avant, bataillon!«

Auf einmal war Milton allein, er wußte gar nicht wie, plötzlich und vollkommen allein, wenn man von den Leichen absah. Er zitterte. Dann hörte er behutsame Schritte, zog sich hinter einen Pfeiler zurück und brachte seine Waffe in Anschlag. Aber es war

Hombre. Sie gingen aufeinander zu wie Freunde, wie Brüder. Man vernahm wieder Geschrei und Schüsse, aber es war nur die Siegesfeier der Ihrigen. Sie standen neben der Kirche, und ihnen war, als hörten sie leises Trappeln wie von Leuten, die auf Zehenspitzen laufen, um sich zu verstecken. Hombre sah ihn fragend an und Milton nickte. »In der Kirche«, flüsterte Hombre, und sie gingen vorsichtig hinein. Drinnen war es schattig und kühl. Zuerst suchten sie in der Taufkapelle, dann im ersten Beichtstuhl. Nicht ein Atemzug war zu hören. Hombre warf einen Blick zum Chor hinauf, dann suchte er eine Kirchenbank nach der anderen ab. So durchkämmten sie die Kirche bis zum Hauptaltar. Und da kam ein Soldat mit erhobenen Händen hinter dem Altar hervor und sagte mit einer Stimme wie ein Mädchen: »Wir sind hier hinten.« Er hatte so große Angst, daß er fast erleichtert war, sich stellen zu können. Hombre lächelte und sagte dann leise und sanft wie ein Erwachsener, der einen Bubenstreich schon in dem Augenblick verzeiht, wo er ihn entdeckt! »Kommt alle raus!« Es waren vier, die mit erhobenen Händen hinter dem Altar hervorkamen, und als sie sahen, wie Milton und Hombre sich verhielten, ruhig und überlegen, ohne Fußtritte und Fausthiebe, atmeten sie auf.

Sie verließen die Kirche. Die Sonne erschien ihnen jetzt doppelt warm und strahlend. Die vier Gefangenen zwinkerten verwundert mit den Augen und blickten einmal auf Hombres roten Stern und dann wieder auf Miltons blaues Halstuch. Ihre Waffen hatten sie schon vorher fortgeworfen.

Milton sah, daß sich das Gros ihrer Einheit schon außerhalb des Dorfes befand, und er meinte zu Hombre, sie sollten den andern schleunigst folgen. Sie ließen die Häuser hinter sich und stiegen schräg den Hügel hinauf. Der Hügel war nicht sehr hoch, aber ziemlich abgerundet und fast kahl.

Plötzlich bemerkte Milton eine Bewegung in den hintersten Reihen der Abteilung, die ihnen etwa dreihundert Meter voraus war. Eine Bewegung, die alles durcheinanderbrachte in einem unerwarteten und verzweifelten Alarm, und gleich darauf hämmerte ihm der Galopp vieler Pferde in den Ohren. Die Abteilung war in Unordnung geraten, aber Victor hatte seine Leute im Nu wieder beisammen und tat das einzig Richtige. Er befahl, so schnell wie möglich bis zum Hügelrücken vorzudringen und auf der anderen Seite den Abhang hinunterzurutschen; die Pferde konnten ihnen auf dem Steilhang nicht folgen. Die Leute erreichten den Rand, glitten im Nu hinunter und wußten sich gerettet, Milton und Hombre aber waren dem Angriff ausgesetzt. Sie waren weit zurück, zweihundert Schritt vom Hügelkamm entfernt. Rennend hätten sie es schaffen können, aber die andern vier hatten die Lage erfaßt und zögerten. »Lauft!« befahl Hombre. »Lauft, was das Zeug hält!« Die aber trippelten wie Weiber. Milton sah, wie die ersten Pferde den Hang hinaufkletterten, ihre Flanken dampften. Die Gefangenen hatten sich etwas verteilt, der unterste war vielleicht noch hundert Meter von den ersten Pferden entfernt und machte den Reitern Zeichen. Diese schossen nicht, wegen der Entfernung und weil sie bei dem Galopp ihre Kameraden hätten treffen können. Sie erkannten sie an der graugrünen Uniform, während Hombre und Milton keine Uniformen trugen.

»Was sollen wir tun?« rief Hombre. Und Milton: »Mach, was du willst!« Doch beiden standen die Haare zu Berge. Die Pferde waren jetzt etwa achtzig Schritt entfernt, sie galoppierten schräg heran. Da brüllte Hombre die vier an, sie sollten sich zusammenschließen, und zwar in so befehlendem Ton, daß sie augenblicklich gehorchten, und als Hombre sie in einem Haufen beisammen sah, feuerte er seine ganze Ladung auf sie ab. Wie ein Bündel stürzten sie hinunter, dann aber kollerte jeder Tote für sich allein und immer schneller der Kavallerie entgegen, und die Reiter schrien entsetzt auf. Dieser Schrei rüttelte Milton aus seiner Erstarrung auf, und wie ein Pfeil schnellte er davon. Die Reiter schossen, aber es wäre Zufall gewesen, wenn sie getroffen hätten, obwohl sie nur noch fünfzig Schritt entfernt waren. Gemeinsam erreichten sie den Hügelkamm und stürzten sich hinunter. Unten angekommen, spähten sie durch die Farne hinauf zum Kamm, aber die Pferde waren noch nicht zu sehen.

Milton stand auf und rieb sich die Brust, die ihm überall weh tat.

»Warum bleibst du nicht zum Schlafen da?« fragte die Alte. »Ich hab keine Angst, dich zu beherbergen.

Ich weiß schon, daß es eine schlaflose Nacht geben wird und einen aufregenden Morgen.«

Er hatte die Waffe wieder in die Pistolentasche gesteckt und schnallte den Gürtel unter der Jacke zu.

»Danke, aber ich will heute noch auf den Hügel. Ich will beim Erwachen den Hügel nicht erst vor mir haben.«

Durch Mauer und Finsternis und Regen konnte er den Hügel sehen, hoch oben über dem Haus, mit seinen starren Wellenlinien, den riesigen Brüsten.

Die Alte drang weiter in ihn. »Ich kann dich wekken, wann du willst, damit du morgen auf den Hügel steigen kannst. Ich kann dich auch um drei Uhr nachts wecken. Mir macht das nichts. Ich schlafe kaum noch. Ich liege nur da, mit offenen Augen, und denke an nichts oder an den Tod.«

Er tastete sich ab, um festzustellen, ob alles in Ordnung war, kontrollierte die beiden Magazine und die zehn Patronen im Gürteltäschchen. »Nein«, sagte er dann, »ich will oben auf dem Hügel schlafen, damit ich beim Erwachen nur noch hinunterzusteigen brauche.«

»Weißt du schon, wo du übernachten kannst?«

»Ich kenne da oben einen Heuboden.«

»Bist du denn sicher, daß du ihn bei dieser Dunkelheit und dem Regen findest?«

»Ich finde ihn bestimmt.«

»Kennen dich die Leute?«

»Nein. Wahrscheinlich werde ich sie nicht mal wekken. Hauptsache, daß der Hund nicht anschlägt.«

»Du wirst eine Ewigkeit brauchen, bis du oben bist.«

»Anderthalb Stunden«, Milton ging einen Schritt auf die Tür zu.

»Warte wenigstens, bis der Regen ...«

»Wenn ich warten wollte, bis der Regen nachläßt, wäre ich morgen mittag noch hier.«

»Was hast du denn vor, so in Zivil?«

»Ich hab eine Verabredung.«

»Mit wem?«

»Mit einem vom Befreiungskomitee.«

Die Alte sah ihn mit harten, verwaschenen Augen an.

»Sieh dich bloß vor, zwei Tote sind schlimmer als einer!«

Milton senkte den Kopf. »Ich lasse Ihnen meine Waffe und die Uniform hier«, sagte er.

»Vorläufig bleibt alles unter meinem Bett versteckt«, erwiderte sie. »Aber morgen früh pack ich's in einen trockenen Sack und versenke ihn im Brunnen. In der Mitte des Brunnens ist ein viereckiges Loch, da steck ich deinen Sack rein, das ist gar nicht so schwer, wenn man eine lange Stange und die Kette nimmt. Laß mich nur machen.«

Milton nickte. »Im übrigen haben wir uns verstanden. Wenn ich übermorgen abend nicht wieder hier bin, geben Sie den Sack Ihrem Nachbarn und schikken ihn damit nach Mango. In Mango soll er den Sack dem Partisanen Frank geben und ihm sagen, er solle ihn Leo schicken, dem Kommandeur der Brigade

Treiso. Und falls sie fragen sollten, warum, soll er einfach sagen: ›Milton ist abgehauen, er hat Zivil angezogen und ist nicht zurückgekommen.‹«

»Du wirst aber übermorgen abend zurück sein.«

»Morgen abend sehen Sie mich wieder«, antwortete Milton und öffnete die Tür.

Der Regen fiel in dichten, schweren Tropfen, die riesige Hügelmasse war im Dunkel ausgelöscht, der Hund rührte sich nicht. Milton ging mit gesenktem Kopf.

Von der Tür aus rief die Alte ihm nach: »Morgen abend bekommst du was Besseres zu essen als heute. Und denk hin und wieder an deine Mutter!«

Milton war schon weit weg, von Wind und Regen gepeitscht, marschierte er blindlings, aber sicher den Pfad hinauf und summte dabei *Over the Rainbow.*

9

Von einem Hügelvorsprung sah Milton auf Santo Stefano hinunter. Das große Dorf lag verlassen und still, aber die Leute waren schon wach, aus den Schornsteinen quoll dichter, weißer Rauch. Verlassen war die Straße, die das Dorf mit der Bahnstation verband, und auch auf der schnurgeraden Straße nach Canelli war niemand zu sehen, obwohl er die Chaussee über die eiserne Brücke hinweg, bis zum Fuß des Hügels übersehen konnte, hinter dem Canelli lag.

Er sah auf seine Armbanduhr. Sie zeigte ein paar Minuten nach fünf, aber sicher war sie über Nacht nachgegangen. Es war mindestens schon sechs Uhr.

Die Erde war feucht und schwarz, es war nicht sehr kalt, und der Himmel, obwohl noch grau, war nicht mehr so dicht bewölkt und weit wie schon seit Tagen nicht mehr. Miltons Hose war bis zu den Schenkeln mit Schlamm bespritzt, und seine Schuhe glichen zwei Lehmklumpen.

Er stieg nach Santo Stefano hinunter, umging die großen, kahlen Sträucher und hielt nach der Stelle Ausschau, wo der Steg über den Belbo führt. Jedesmal, wenn er auf einen Vorsprung kam, konnte er ein Stück des Wildbachs sehen. Das Wasser war dunkel und trüb, aber noch war es nicht über die Ufer getreten, und der Steg gewiß unbeschädigt. Schon beim

Gedanken, den Bach durchwaten zu müssen, schlugen seine Zähne aufeinander. Er fühlte sich nicht wohl und verspürte stechende Schmerzen in der Brust, das beunruhigte ihn. Mit jedem Schritt fühlte er sich schwächer. »In dieser Verfassung kann ich es nicht schaffen, ich kann's nicht mal versuchen.« Aber er stieg weiter hügelabwärts.

Immerhin hatte er im Heuboden, unterhalb der Wasserscheide, ausgezeichnet geschlafen. Er war sofort eingeschlafen, hatte gerade noch Zeit gehabt, sich im Heu zu vergraben und sich ein Luftloch vor den Mund zu machen. Der Regen rauschte auf das Scheunendach, heftig und angenehm. Ein bleierner Schlaf ohne Träume, ohne Alpdrücken, ohne den leisesten Gedanken an die schwierige, schreckliche Aufgabe, die ihn morgen erwartete. Ein Hahnenschrei hatte ihn geweckt, das Jaulen eines Hundes im Tal. Der Regen hatte nachgelassen. Er war unter dem Heuhaufen hervorgekrochen. Mit einem Ruck hatte er sich aufgesetzt und war dann an den Rand des Heubodens gerutscht, wo er mit herunterbaumelnden Beinen sitzenblieb. Da war ihm auf einmal alles wieder eingefallen, Fulvia, Giorgio, der Krieg. Er erschauerte, es war ein einziger nicht endenwollender Schauder, den er bis in die Fersen spürte, und er wünschte sehnlichst, die Nacht hätte dem Tag etwas mehr Widerstand entgegengesetzt. Jetzt kam der Bauer aus dem Haus, schritt durch den Schlamm auf den Stall zu, etwas schemenhaft noch in dem fahlen Licht. Milton rieb sich das Kinn, und das fast metallische Geräusch, das seine langen, spärlichen Barthaare erzeugten, war meterweit im Umkreis zu hören. Der Bauer blickte nach oben und erstarrte. »Hast du die Nacht da oben verbracht? Na, um so besser. Es ist nichts passiert, und ich hab ruhig geschlafen. Hätte ich gewußt, daß du unter meinem Dach steckst, ich hätte kein Auge zugetan. Und jetzt komm runter!« Milton sprang mit beiden Beinen auf den Hof, landete mit einem großen Plumps auf dem Boden, der Schlamm spritzte nach allen Seiten. Er blieb stehen, den Kopf gebeugt, und betastete seinen Gürtel. »Wahrscheinlich bist du hungrig«, sagte der Bauer, »aber ich hab wirklich nichts zu essen für dich. Ich könnte dir allenfalls ein Stück Brot geben...« – »Nein, danke.« – »Oder willst du ein Gläschen Grappa?« – »Ich bin doch nicht wahnsinnig!«

Es war falsch, daß er das Brot ausgeschlagen hatte, jetzt kam er sich leer und ohne Halt vor, und er sagte sich, daß es klüger wäre, in irgendeinem einsamen Haus um Brot zu bitten, ehe er sich Canelli bis auf Sichtweite näherte.

Er hatte die Geröllhalde zu beiden Seiten des Wildbachs erreicht und ging auf den Steg zu. Dann merkte er, daß er zu weit nach unten abgekommen war, und so mußte er am Bach entlang wieder ungefähr fünfzig Schritt bergan laufen.

Er überquerte den morschen Fußsteg. Die Planken waren von der Feuchtigkeit aufgequollen. Das Dorf jenseits des Bachs war ganz still, eine Stille, die man förmlich mit Händen greifen konnte.

Das Geröllfeld war breit, die Steine lagen im nassen Schlamm und schwankten unter seinen Füßen. Er sah keinen Menschen, nicht einmal eine alte Frau, nicht einmal ein Kind an einem Fenster oder auf den Balkons der höhergelegenen Häuser, die den Dorfplatz nach dieser Seite hin begrenzten.

Er wollte sich durch eine enge Gasse, die er kannte, bis auf den Platz vorpirschen, diesen rasch überqueren, das Dorf am andern Ende wieder verlassen und rechts von der Straße nach Canelli wieder aufs freie Feld hinauslaufen. Auch wenn diese Gegend von den Roten kontrolliert wurde und ihn mit neunundneunzigprozentiger Wahrscheinlichkeit eine ihrer Patrouillen stellen würde. »Wer bist du, zu welchem Kommando gehörst du, warum bist du in Zivil, was hast du in unserm Gebiet zu suchen, kennst du das Losungswort...?«

Er ging rascher auf das Gäßchen zu, über Kiesel, durch verfaulte Brennesselbüsche, als ihm der Motorenlärm der Kolonne in die Ohren dröhnte. Sie brauste in voller Fahrt über die Chaussee vor dem Ort, sechs oder acht Lkws mußten es sein. Im Dorf blieb alles still, obwohl sie auch dort die Kolonne längst gehört haben mußten. Doch aus einem Haus, das weiter oberhalb am Fluß lag, rannte ein halbbekleideter Mann dem Belbo zu. Er rannte so schnell, daß die Kieselsteine unter seinen Absätzen wie Geschosse aufstoben. Mitten im Laufen sah er zum Wildbach hinüber und war im nächsten Augenblick im Baumbestand am Fuß des Hügels verschwunden.

Dem Motorengeräusch nach zu schließen, fuhr die Kolonne jetzt langsamer, weil sie gerade auf den Platz einbog. Da rannte auch Milton auf den Belbo zu, und zwar auf die Stelle des Ufers, die am dichtesten bewachsen war und ihm am meisten Schutz bot. Irgend etwas knallte hinter ihm, wahrscheinlich war es aber nur ein Fensterladen, der mit Gewalt zugeschlagen wurde.

Er sprang ins Wasser, es war so kalt, daß es ihm Atem und Sicht nahm. So watete er blindlings hindurch, und als er festen Boden unter den Füßen spürte, versteckte er sich hinter einem Farngestrüpp. Er warf einen prüfenden Blick auf den Hügel hinter sich, sah ihn verlassen und ruhig, dann wandte er sich um, weil er das Dorf beobachten wollte, und diese halbe Umdrehung genügte, um zu erkennen, wie übel er vom Schlamm zugerichtet war.

Die Motoren wurden abgestellt, gleich darauf hörte Milton, wie die Soldaten vom Wagen sprangen, wie sie sich im Laufschritt nach allen Seiten zerstreuten, um den Platz zu besetzen, wie die Offiziere ihre Befehle riefen. Es war die San Marco aus Canelli.

Im selben Augenblick sah er sie auch. An der Ecke des letzten Hauses zur Linken erschien eine Gruppe, die ein bereits montiertes Maschinengewehr zur Belbo-Brücke schleppte. Milton schob sich kriechend zurück, um die Entfernung zwischen sich und dem MG auf der Brücke zu vergrößern, die nur knapp sechzig Schritte betrug.

Sie brachten das MG an der Brüstung in Stellung,

schwenkten es langsam über das Massiv des riesigen, pyramidenförmigen Hügels, der steil zum Belbo abfiel, und richteten es schließlich auf die letzte Kurve der Hügelstraße, die Milton heruntergekommen war. Gleich danach kam ein Offizier herüber. Er schien die Ausrichtung des Maschinengewehrs zu billigen und plauderte mit den Soldaten. Schon von weitem konnte man sehen, daß er sich bei ihnen beliebt machen wollte. Zuletzt nahm er die Baskenmütze ab, fuhr sich mit der Hand durch sein blondes Haar und setzte die Mütze wieder auf.

Genau das richtige Austauschobjekt für Giorgio, dachte Milton. Doch war er sicher, daß ihm der Offizier nicht in die Hände fallen würde, ja nicht einmal der letzte seiner Soldaten, der ihm ebenso zupaß gekommen wäre. Die Soldaten waren kaum fünf Minuten da, als Milton klar wurde, daß ihr Ausrücken, das ihm die Beute auf halbem Wege entgegengebracht hatte, ihn nur zwingen würde, einen großen Umweg nach Canelli zu machen, der nun nicht mehr über die Ebene, sondern über die Hügel führte; und beim bloßen Gedanken daran kam er sich vor wie eine Ameise, die einen Mühlstein umgehen muß.

Das Wasser schwappte in seinen Schuhen, ein krampfartiger Schüttelfrost packte ihn, wie ein Brechreiz, dem kein Erbrechen folgt. Dann spürte er einen starken Hustenreiz in der Kehle aufsteigen, er legte den Kopf auf den gekrümmten Arm und preßte ihn fast in den schlammigen Boden, damit man das Husten nicht hören sollte. Der Husten platzte schlagartig heraus, er sah rote und gelbe Sterne hinter den zusammengepreßten Augen und wand sich auf der Erde wie eine Schlange. Dann sah er mit lehmverschmierten Lippen wieder zur Brücke hinüber. Die Soldaten hatten nichts gehört, sie rauchten und ließen den Hügel nicht aus den Augen. Der Leutnant war auf den Platz zurückgekehrt.

Plötzlich kam ihm der entsetzliche Gedanke, er könnte bei all den Stürzen die Pistole verloren haben. Mit angehaltenem Atem tastete er langsam nach der Pistolentasche und klopfte mit der Hand darauf. Die Pistole war da.

Vom Kirchturm schlug es sieben Uhr. Dann schlug es noch einmal. Kein Zivilist hatte sich bis jetzt blikken lassen, kein Kind, keine Urgroßmutter, kein Kriegsversehrter. Die Häuserreihe längs des Wildbachs sah aus wie eine Friedhofsfassade. Milton malte sich aus, wie die Soldaten auf dem Dorfplatz patrouillierten, während ihre Offiziere in den beiden Kaffeebars etwas Warmes tranken und zu den Serviererinnen frech wurden. »Du hat einen Schatz bei den Partisanen. Uns kannst du nichts vormachen. Wie stellen sich denn die Partisanen in der Liebe an?«

Andere Soldaten waren nicht zu sehen. Milton beobachtete die Männer auf der Brücke. Sie rauchten und behielten alles ringsum im Auge. Irgend etwas im Bachbett unterhalb der Brücke schien ihr besonderes Interesse zu erregen. Auch Milton starrte angestrengt dorthin, sah unter dem Brückenbogen hindurch und bemühte sich vergeblich, herauszufinden, was es dort so Interessantes gäbe. Aber dann brach einer der Soldaten in Gelächter aus, und die andern stimmten ein. Jetzt deutete einer ganz unvermittelt mit dem Finger mitten auf den pyramidenförmigen Hügel, und ein paar warfen sich hinter das Maschinengewehr. Aber sie unternahmen nichts, und einen Augenblick später drängten alle sich um den, der hinübergedeutet hatte, und schlugen ihn auf den Rücken.

Nichts zu machen. Vielleicht würde einer von ihnen auf das Geröllfeld hinuntersteigen, um seine Notdurft zu verrichten, in Sichtweite und beschützt von seinen Kameraden auf der Brücke. Allenfalls würde einer sich aus Prahlerei allein bis zur verlassenen Hügelstraße vorwagen, doch auch da hätte Milton ihn nicht gefangennehmen können. Nur umlegen hätte er ihn können, vorausgesetzt, daß er traf.

Er hustete laut, ohne sich dabei in acht zu nehmen, dann kroch er auf allen vieren zum Fuß des Hügels zurück. Als er die Pappeln erreicht hatte, richtete er sich auf, und seine Knochen knackten dabei wie Reisig. Auf dem erstbesten Pfad, den er sah, stieg er wieder hügelan. Sicher war er noch in Reichweite des MGs auf der Brücke, doch keiner hätte ihn vor der schwarzen Flanke des Hügels erkennen können. So stieg er gebeugt, langsam und gleichgültig immer weiter bergauf. Er zitterte vor Kälte und Hunger. Mit lauter, brüchiger Stimme redete er mit sich selbst. »Sie haben mir den Weg abgeschnitten. Sie zwingen mich, diesen wahnsinnigen Umweg zu machen. Und dabei ist mir doch so hundeelend. Nach Hause, bloß nach

Hause. Ich werd's ja doch nie erfahren. Man hat ihn schon umgelegt.«

Brust, Bauch und Knie waren über und über mit Schlamm verschmiert. Im Aufsteigen versuchte er, wenigstens etwas davon abzukratzen, doch die steifen Finger wollten nicht gehorchen. Er gab es auf, aber es kostete ihn Mühe, den Ekel vor dem Schlamm zu überwinden.

Die Soldaten auf der Brücke waren jetzt nur noch kleine Zinnfiguren. Von der Höhe aus konnte er auch den Dorfplatz überblicken. Sechs Lkws waren es, man hatte sie gegenüber dem Gefallenendenkmal aus dem letzten Krieg abgestellt. Es waren an die hundert Soldaten, sie patrouillierten träge, aber ununterbrochen. Kurz entschlossen verließ er den Weg zum Kamm und ging auf halber Höhe den Hang entlang, dem pyramidenförmigen Hügel entgegen. »Sie haben ihn noch nicht umgebracht. Und ich kann nicht leben, wenn ich's nicht erfahre.« Regen und Erdrutsche hatten jeden Pfad verwischt. Beim Gehen versank er bis zu den Knöcheln im Schlamm. Alle vier Schritte mußte er stehenbleiben und den Schlamm abstreifen, der kiloweise an seinen Bergschuhen hing. Er ging auf den Waldstreifen zu, der wie ein Ring in halber Höhe um den Hügel lag. Das war nur die erste Etappe des Umweges, zu dem der Vorstoß der San-Marco-Division nach Santo Stefano ihn zwang.

Die Bäume waren schwarz vom Regen, und trotz der Windstille tropfte die Nässe von den Blättern.

Als er in den Wald trat, hörte er es trappeln und keuchen, unterdrückte Schreckensrufe und Flüche. Da streckte er die Hand aus und sagte: »Keine Angst. Ich bin Partisan. Lauft nicht davon!«

Fünf oder sechs Männer vom Hügel waren es, die sich im Wald versteckt hatten und die Bewegungen der Faschisten drunten in Santo Stefano beobachteten. Alle waren in Mänteln, einer trug eine zusammengerollte Decke über der Schulter. Auch Beutel mit Proviant hatten sie dabei. Falls die Soldaten überraschend einen Vorstoß auf ihren Hügel unternommen hätten, waren sie bereit, zu fliehen und vierundzwanzig oder notfalls auch achtundvierzig Stunden fernzubleiben.

Wortlos, nur mit einem flüchtigen Blick auf seinen verdreckten Anzug, kehrten sie auf ihren Beobachtungsposten zurück; das Regenwasser tropfte auf ihre Mützen und Schultern, aber sie kümmerten sich nicht darum. Der älteste von ihnen schien die Lage gelassener zu tragen, ein Mann mit weißem Haar und weißem Schnurrbart und heiteren Augen. Er fragte Milton: »Wann denkst du, daß dies alles ein Ende hat, Patriot?«

»Im Frühling«, erwiderte er, doch seine Worte klangen rauh und unnatürlich. Er hustete und wiederholte: »Im Frühling.«

Sie fuhren zusammen. Einer fluchte und sagte: »Aber wann im Frühling? Der Frühling ist lang; es gibt einen März und einen Mai.«

»Im Mai«, präzisierte Milton.

Alle waren verblüfft. Dann fragte der Alte, warum Milton sich denn so mit Lehm beschmiert habe.

Milton wurde rot. »Ich bin beim Abstieg gestürzt und ein tüchtiges Stück auf dem Bauch runtergerutscht.«

»Der Tag wird schon noch kommen«, sagte der Alte und sah Milton durchdringend an.

»Natürlich kommt er«, erwiderte Milton. Doch der Alte starrte ihn immer noch an, mit der gleichen unbefriedigten und wohl auch unlösbaren Frage in den Augen. »Natürlich kommt er«, wiederholte Milton.

»Und dann werdet ihr auch keinem einzigen gegenüber Nachsicht walten lassen!« sagte der Alte.

»Keinem einzigen gegenüber«, bekräftigte Milton, »das steht fest.«

»Alle, alle müßt ihr umbringen, sie haben es verdient. Selbst für den harmlosesten unter ihnen ist der Tod noch eine milde Strafe.«

»Wir werden sie alle umbringen«, sagte Milton. »Das ist ausgemacht.«

Aber der Alte war noch nicht zufrieden. »Alle, meine ich, wirklich alle. Auch die Sanitäter, die Köche, die Geistlichen. Hör gut zu, mein Junge. Ich darf dich doch Junge nennen? Mir steigen die Tränen in die Augen, wenn der Metzger kommt und meine Lämmer holt. Und trotzdem sage ich dir: ihr müßt sie alle umbringen. Und merke dir eines: Wenn der ruhmreiche Tag da ist, und ihr bringt nicht alle um, wenn ihr euch vom Mitleid überwältigen laßt oder auch vom Ekel vor soviel Blut, dann begeht ihr eine Todsünde, dann ist das Verrat. Wer an diesem großen Tag nicht bis an die Schultern in Blut watet, der ist kein guter Patriot.«

»Sie können beruhigt sein«, sagte Milton, »das ist für uns alle beschlossene Sache. Ehe wir auf die Idee kämen, einen einzigen zu schonen…«

Er ging, ohne den Satz zu vollenden, und noch in Rufweite hörte er, wie einer der Bauern ganz gelassen sagte: »Sonderbar, daß es um diese Jahreszeit noch nicht geschneit hat, nicht wahr?«

Hinter dem Wald verlief ein langer Sattel parallel zum Bahngeleise und fiel dann unmittelbar über dem Bahnhof steil ab. Milton beschloß, auf dem Sattel weiterzugehen, später den Hang hinunterzusteigen, den Bahnhof zu umgehen und im Schutz der Maulbeerbäume über die Felder bis zum Bergvorsprung zu laufen, hinter dem Canelli lag. Auf diese Weise würde er vermeiden, daß ihn die Abteilung von Santo Stefano ein zweites Mal überraschte, die ja schließlich irgendwann zurückkehren mußte.

Er kramte in seiner Tasche, holte zwei Zigaretten heraus und betrachtete sie prüfend. Die eine war in der Mitte gebrochen, bei der anderen bröselte der Tabak vorn heraus. Er steckte diese in den Mund, fand dann aber nicht die kleinste trockene Fläche, um sein Schwefelholz anzuzünden. Einen Augenblick dachte er an den gerillten Griff des Colt, aber das wollte er doch nicht. Mit einem kurzen, verzweifelten Auflachen steckte er die Zigarette wieder in die Tasche und setzte seine Wanderung fort.

Beim Marschieren beobachtete er ununterbrochen die parallel zur Straße verlaufenden Eisenbahnschienen. Sie waren verrostet und hie und da von Unkraut überwuchert, verlassen; seit dem Waffenstillstand war hier kein Zug mehr gefahren. Für Milton waren Eisenbahnschienen immer noch gleichbedeutend mit »8. September«, vielleicht würden sie das immer sein.

Er sah wieder vor sich, wie er damals nach Hause gekommen war, entsetzlich müde, aber zu aufgeregt, um sich hinzulegen oder auch nur hinzusetzen, an jenem trüben, warmen Morgen des 13. September. Seine Mutter konnte es noch nicht fassen, sie mußte ihn berühren, ungläubig wollte sie ihm die zusammengebettelten Zivilklamotten abnehmen, ihm den Staub vom Gesicht waschen... »Aus Rom?!« sagte sie. »Aus Rom kommst du! Ich hab mitangesehen, wie in unserm kleinen Alba die Hölle los war, und hab mir vorgestellt, wie es da erst in Rom zugegangen sein muß. Ich hätte nicht gedacht, daß du durchkommst, weißt du. Ein Junge wie du, der mit dem Kopf in den Wolken schwebt....« Aber er hatte es geschafft; er hatte nie daran gezweifelt, von dem Augenblick an, wo er den unmöglichen Zug in Termini bestiegen hatte. Er hatte gewußt, er würde Glück haben, Glück im grenzenlosen Unglück der Armee.

»Und... das Fräulein aus Turin?« Nun benutzte er selbst den Ausdruck, den seine Mutter unfehlbar für Fulvia gebrauchte, diesen zugleich ironischen und ängstlichen, vielleicht ahnungsvollen Ausdruck. »Ich hab sie oft gesehen«, antwortete die Mutter, »sie war häufig in der Stadt mit den jungen Leuten, die vom Wehrdienst befreit waren.« Sie sah ihn nicht an und sagte: »Sie ist nach Turin zurück. Vor drei Tagen.« Da erst hatte Milton sich nach einem Stuhl umgesehen.

Vom Kirchturm zu Santo Stefano schlug es gedämpft die halbe Stunde, aber Milton wußte nicht, ob es halb neun oder halb zehn war.

Als er am Fuß des Bergvorsprungs anlangte, hörte er es zehn Uhr schlagen, das war gewiß die Turmuhr von Canelli.

Der Himmel war vollkommen weiß. Es regnete nicht, aber das Laub an Bäumen und Büschen raschelte eintönig.

Langsam und vorsichtig stieg er bergan, der Pfad aus lehmverschmierten Tuffsteinplatten war schlüpfrig, außerdem konnte er jetzt jederzeit einer Aufklärungspatrouille aus Canelli begegnen. Trotz dieser Gefahr sehnte er sich nach einer Zigarette, aber auch hier oben sah er nirgends einen trockenen Quadratzentimeter, an dem er ein Schwefelholz hätte anzünden können. Wieder dachte er an die gerillten Flächen am Griff seines Colt, aber so weit war er doch noch nicht, daß er seine Pistole malträtiert hätte.

Überdies hörte er in diesem Augenblick – er hatte schon über zwei Drittel des Aufstiegs hinter sich – auf der Straße hinter dem Bergvorsprung den Motorenlärm der Kolonne, die aus Santo Stefano nach Canelli zurückkehrte. Dem Geräusch nach zu urteilen, rasten die Lkws mit Höchstgeschwindigkeit über die schlechte Straße. »Die sind in Form«, dachte er niedergeschlagen. Der Motorenlärm unten im Tal war bald verebbt, doch Miltons Herz klopfte noch immer zum Zerspringen. Er wartete eine Weile, schüttelte sich dann und setzte seinen Marsch fort.

Er überlegte, daß die Kolonne schon wieder in der Kaserne sein mußte, wenn er auf dem Grat anlangte. Er wußte nur, daß die Truppen in der ehemaligen Casa Littoria, dem Parteigebäude, lagen, aber er war noch nie in Canelli gewesen und wußte daher nicht, wo die Kaserne stand. Aber bestimmt würde er sie beim ersten Blick auf das große, halb ländliche, halb schon industrialisierte Dorf entdecken. Nicht als Ziel dachte er an die Kaserne, sondern als Orientierungspunkt.

Er stieg schneller bergan, und knapp vor dem Kamm blieb er eine Weile stehen, weil er damit rechnete, daß jeden Augenblick das Dorf unter ihm auftauchen mußte. Doch der Kamm verlor sich in einer weiten Hochfläche voller Distelgestrüpp. Er sah sich nach allen Seiten um und rannte geduckt hinüber. Das einzige Haus lag zweihundert Schritt weiter links, eben war es mit seinem schwarzen, von nassen Bäumen umstandenen Dach vor ihm aufgetaucht.

Er kroch bis zu einer Dornenhecke genau am Abhang, versteckte sich dahinter und spähte durch die Zweige auf Canelli hinab. Ein schneller Rundblick, dann musterte er die Gassen und Sträßchen, die den Abhang hinaufführten, um festzustellen, ob sich keine Patrouillen dort befanden. Niemand war zu sehen, er konnte sich also in Ruhe den Ort genauer ansehen.

Das Dorf wirkte unnatürlich still und verlassen, sogar die üblichen Geräusche fehlten, die selbst in der kleinsten Ortschaft zu hören sind. Das lag wohl daran, daß soeben die aus Santo Stefano zurückgekehrte Kolonne durch den Ort gebraust war. Einziges Lebenszeichen war der dicke, weiße Rauch, der aus den Schornsteinen quoll und sich sofort im Weiß des tief herabhängenden Himmels verlor.

Dann entdeckte er die Casa Littoria, das Parteigebäude.

Ein großer Würfel in verwaschenem Rot, der Verputz abgebröckelt, die Fenster mit Brettern und Sandsäcken zur Hälfte verbarrikadiert, ein kleiner Turm, auf dem wahrscheinlich ein Posten mit einem Fernglas stand. Genauso wahrscheinlich war aber auch, daß dieser Posten die Hügel beobachtete, die Milton gegenüberlagen und auf denen es von Roten nur so wimmelte.

Er hätte gerne gewußt, was im Kasernenhof vor sich ging, doch die hohe Mauer ließ ihn nur einen Abschnitt des Hofes sehen, der von einem leeren Laubengang begrenzt wurde.

Er beugte sich vor und musterte die Gegend am Fuß des Abhangs: ein ländlicher Vorort, still und wie ausgestorben, ein großes Sägewerk, das außer Betrieb war.

Er seufzte, er wußte nicht, was er tun sollte. Er hatte die Hand auf die geöffnete Pistolentasche gelegt und wußte nicht, was er tun sollte. Hinter einer Bodenerhebung sah er etwas Röhricht, mit wenigen Sprüngen hatte er es erreicht; er kauerte sich nieder und musterte noch einmal das Dorf. Nichts hatte sich verändert, nur der Rauch quoll stärker aus den Schornsteinen.

Er wußte nicht, was er tun sollte, er wußte nur, daß er noch weiter hinabsteigen mußte. Unter ihm auf halber Höhe, mitten in einem Weinberg, lag ein Geräteschuppen, nicht mehr als ein Dach auf vier Pfosten. Dort wollte er hin. Zwar führte ein Pfad hinunter, doch war er so steil und konnte so leicht vom Wachturm aus eingesehen werden, daß Milton nicht wagen durfte, ihn zu benutzen. Er erreichte den Schuppen, nachdem er sich zwischen Reben und Drähten hindurchgezwängt hatte, bis zu den Knöcheln im schwefelgelben, klebrigen Schlamm. Hinter einem Stützpfosten kauerte er nieder, elend und mutlos. »Das ist nichts für mich«, sagte er sich, »das ist wirklich nichts für mich. Ich kenne nur einen, dem dabei genauso erbärmlich wäre wie mir. Sogar noch erbärmlicher. Und das ist ausgerechnet Giorgio.«

Schließlich stieg er weiter hinab. Am Ende des letzten Weinbergs hatte er einen in den Boden einzementierten Behälter für Kupfervitriol entdeckt; dann kam ein Brachfeld, das sich in der Ebene verlor. Es war besser, wenn er weiter hinunterging, auch für den Fall, daß er vor einer Patrouille aus dem Dorf fliehen mußte. Dann hätte er versucht, seitwärts auszuweichen, einerlei, ob nach links oder rechts, nur nicht wieder bergauf. Wenn man den Abhang von unten sah, glich er einer Wand aus Schlamm.

Mit der Pistole in der Faust stieg er hinab. Ein Sperling flatterte vom Pfad auf. Vom Dorf her hörte man einen dumpfen Schlag, lang und geheimnisvoll, wie aus einem Stahlwerk, aber das gab es in Canelli nicht. Der Schlag wiederholte sich nicht, und im Dorf blieb alles still. Die Stille war so vollkommen, daß Milton meinte, das Plätschern des Belbo gegen die Steinquader zu vernehmen.

Er duckte sich hinter dem Behälter, die Pistole auf dem Oberschenkel, und umfaßte mit dem Arm den kalten Zement. Von hier aus konnte er einen Teil der Straße nach Santo Stefano sehen, ausgefahren und voller Schlaglöcher. Beim Abstieg hatte er das große Sägewerk weit links liegenlassen, viel weiter, als er angenommen hatte, und das war fatal, denn mit seinen großen Holzstapeln hätte es im Notfall ein gutes Versteck abgegeben. Er sehnte sich nach seiner Einheit, nach Treiso und nach Leo.

Von rechts hörte er ein gleichmäßiges Hämmern, und Milton überlegte, daß hinter dem Weinberg am Fuß der Böschung sicher ein Haus stand. Ein Rauchkringel, der sogleich vom weißen Himmel verschluckt wurde, stieg aus einem unsichtbaren Schornstein.

Er umklammerte die Pistole fester. Er hatte etwas gehört, aber es war nur das Quietschen der Balkontür am letzten Haus vor der Chaussee. Eine Frau erschien in der Türöffnung, nahm ein Hackbrett, das an der Wand hing, und ging wieder hinein, ohne sich umzusehen. Man hörte keinen Laut, kein Hundebellen, nicht einmal das Gackern eines Huhnes.

In diesem Moment sah er aus den Augenwinkeln einen schwarzen Schatten. Er warf sich hinter dem Behälter auf die Erde und richtete die Pistole auf den Schatten. Dann aber ließ er sie überrascht wieder sinken. Es war eine alte Frau in einem schmutzigen schwarzen Kleid. Er war so überrascht, weil er sich von ihrem Schatten ganz erdrückt gefühlt hatte, obwohl sie noch etwa zwanzig Schritt entfernt war und keine Sonne schien. Sie redete ihn an, aber Milton sah nur, wie sich ihre schmalen violetten Lippen bewegten. Ein Huhn hatte sie bis zum Weinberg begleitet und scharrte nun im Schlamm einer Rebzeile. Dann raffte die Alte den Rock und stapfte in die Zeile neben Milton; ihre derben Männerschuhe versanken im glucksenden Schlamm.

Am Pfahl blieb sie stehen und sagte: »Du bist Partisan. Was willst du in unserm Weinberg?«

»Sehen Sie mich nicht an, wenn Sie mit mir sprechen«, erwiderte Milton. »Sehen Sie in die Luft. Kommen die Soldaten bis hier herauf?«

»Seit einer Woche haben wir keinen mehr gesehen.«

»Reden Sie ruhig ein bißchen lauter. Wie viele kommen gewöhnlich?«

»Fünf oder sechs«, antwortete die Alte und sah wieder zum Himmel. »Einmal war es eine ganze Kolonne mit Stahlhelmen, die hier vorbeikam, meistens aber sind es fünf oder sechs.«

»Einzeln kommen sie nie?«

»Im Sommer, bis in den September noch, um unser Obst zu stehlen. Seit September nicht mehr. Was machst du in unserm Weinberg?«

»Sie brauchen keine Angst zu haben.«

»Ich hab keine Angst. Ich bin auf eurer Seite. Wie könnte ich nicht auf eurer Seite sein, da doch alle meine erwachsenen Enkel bei den Partisanen sind? Du wirst sie kennen. Sie sind bei der Stella Rossa.«

»Ich bin Badoglianer.«

»Ach so, dann gehörst du zu denen, die sich als Engländer verkleiden. Aber warum hast du dich jetzt als Landstreicher herausstaffiert? Willst du mir nicht sagen, was du in unserm Weinberg treibst?

»Ich sehe mir Ihr Dorf an. Ich muß es mir genau einprägen.«

Die Frau sah ihn entsetzt an. »Wollt ihr es etwa angreifen? Ihr seid doch nicht verrückt! Dazu ist es noch zu früh!«

»Sehen Sie mich nicht an! Sehen Sie in die Luft!«

Die Alte blickte zum Himmel und sagte: »Ihr dürft nur nehmen, was ihr auch halten könnt. Wir sind froh, wenn wir befreit werden, aber nur, wenn es endgültig ist. Sonst kommen die zurück und zahlen's uns heim!«

»Wir denken ja nicht dran, hier anzugreifen.«

»Wenn ich's mir jetzt überlege«, meinte sie, »bist du unmöglich gekommen, um einen Angriff vorzubereiten. Du bist Badoglianer, aber in Canelli wird die Stella Rossa angreifen. Canelli ist für die Stella Rossa reserviert.«

»Natürlich«, sagte Milton. Und dann: »Sie könnten mir einen Gefallen tun. Seit gestern abend hab ich nichts mehr im Magen. Sie könnten nach Hause gehen und mir ein Stück Brot holen. Sie brauchen aber nicht noch einmal durch den Schlamm bis hierher zu kommen, es reicht, wenn Sie's mir vom Anfang der Zeile aus zuwerfen. Ich fang's schon auf, darauf können Sie sich verlassen.«

Vom Kirchturm schlug es elf.

Die Alte wartete den letzten Glockenschlag ab und sagte dann: »Ich bin gleich wieder da. Aber wie einem Hund werf ich dir's bestimmt nicht zu. Ich leg dir Speck dazwischen, und wenn ich's werfe, fällt alles auseinander. Schließlich bist du kein Hund. Ihr alle seid unsere Söhne, seid an unserer Söhne Statt, die uns fehlen. Denk an mich, ich habe zwei Söhne in Rußland, und wer weiß, wann sie zurückkommen. Aber du hast mir noch immer nicht gesagt, was du hier treibst, auf Posten in unserm Weinberg.«

»Ich warte auf einen von denen.«

Mit einem Ruck hob sie das Kinn. »Soll er hier vorbeikommen?«

»Nein. Ganz gleich, wo er mir unter die Finger kommt. Besser für alle, wenn's außerhalb des Dorfes ist.«

»Willst du ihn umbringen?«

»Nein. Ich muß ihn lebendig haben.«

«Denen geschieht's ganz recht, wenn sie umgebracht werden.«

»Ich weiß, aber tot nützt er mir nichts.«

»Was willst du denn mit ihm machen?«

»Sehen Sie in die Luft! Tun Sie, als ob Sie sich am Rebstock zu schaffen machten! Ich will ihn gegen einen Kameraden austauschen. Gestern früh haben sie ihn geschnappt, und wenn ich ihn nicht austauschen kann...«

»Der arme Kerl! Ist er hier in Canelli im Gefängnis?«

»In Alba.«

»Alba, ich weiß, wo das ist. Warum bist du ausgerechnet nach Canelli gekommen, um dein Glück zu versuchen?«

»Weil ich selbst aus Alba bin.«

»Alba«, sagte die Alte. »Ich war noch nie dort, aber ich weiß, wo es liegt. Einmal wäre ich fast hingefahren, mit der Eisenbahn.«

»Sie brauchen keine Angst zu haben«, sagte Milton, »sowie Sie mir was zu essen gebracht haben, verschwinde ich hier und warte oberhalb der Landstraße.«

»Warte!« sagte sie. »Warte, bis ich dir was zu essen gebracht habe. Es ist eine gefährliche Sache, die du da vorhast, und mit knurrendem Magen wirst du es nicht schaffen.«

Und schon stapfte sie die Rebzeile entlang, und der Schlamm spritzte ihr bis zum Rocksaum. Sie drehte sich noch einmal um und stieg dann die Böschung hinunter.

Zehn, fünfzehn, zwanzig Minuten vergingen, doch sie kam nicht zurück. Milton dachte, daß sie überhaupt nicht mehr kommen würde, sie war zufällig auf ihn gestoßen, hatte ihn durch ihr Geschwätz nur aufgehalten und sich dann aus der Affäre gezogen, weil sie wußte, daß er weder Zeit noch Lust hatte, ihr zu folgen und sie zur Rede zu stellen. Er war so davon überzeugt, daß er fortgegangen wäre, wenn er nur gewußt hätte, wohin.

Dann sah er sie. Es schlug gerade halb, da kam sie den Weinberg heraufgestapft. Hinter ihrem Rücken hielt sie einen großen Wecken versteckt, zwischen dem Brot lag eine riesige Speckscheibe. Milton mußte den Wecken mit Gewalt zusammenpressen, um ihn in den Mund zu schieben. Er kaute heftig, die Speckscheibe war so dick und üppig, daß er fast erschrak, wenn er nach dem Brot mit den Zähnen darauf stieß.

»Gehen Sie jetzt, danke schön«, sagte er nach dem ersten Bissen.

Doch die Frau hockte sich vor ihn hin, an den Pfahl des Rebstocks gelehnt, und Milton wandte den Blick ab, um nicht den dürren, weißen Schenkel über dem schwarzen, von einem Bindfaden gehaltenen Wollstrumpf sehen zu müssen.

»Was wollen Sie noch hier? Ich brauche nichts mehr.«

»Sag das nicht so voreilig. Ich hab was, das dich interessieren könnte. Mein Schwiegersohn wollte schon rauskommen, um es dir zu sagen, aber ich hab ihn überredet, drinzubleiben und mich das machen zu lassen.«

»Was denn?«

»Etwas, das wir schon lange meinem ältesten Enkel sagen wollten, der auch bei der Stella Rossa ist. Jetzt aber wollen wir es dir verraten, weil du es dringend brauchst und nicht länger warten kannst.«

»Worum handelt es sich denn?«

»Wir wissen, wie du zu dem Faschisten kommen kannst, den du suchst.«

Milton legte das Brot auf den Rand des Behälters.

»Damit wir uns recht verstehen, ich suche einen Soldaten und nicht einen Zivilisten, der Faschist ist.«

»Ich meine ja auch einen Soldaten. Einen Unteroffizier.«

»Einen Unteroffizier!« wiederholte Milton begeistert.

»Dieser Unteroffizier«, fuhr die Alte fort, »kommt oft hierher, fast jeden Tag und immer allein. Er kommt wegen einer Frau, einer Schneiderin, sie ist zwar unsere Nachbarin, aber wir sprechen nicht mehr miteinander.«

»Und wo wohnt sie? Zeigen Sie mir das Haus!«

»Ich hab dir gesagt, daß wir nicht mehr miteinander sprechen, und ich will dir erklären, warum. Aber damit du Bescheid weißt, wir geben dir den Tip nicht, um ihr eins auszuwischen, sondern um dir zu helfen und deinen Kameraden zu retten.«

»Natürlich.«

»Und das trotz aller Gemeinheiten, die sie uns und vor allem meiner Tochter angetan hat. Ein Drecksweib ist sie, das wirst du schon begriffen haben, und was sie jetzt mit diesem Unteroffizier hat, ist gar nichts gegen das, was sie früher alles gemacht hat. Es reicht, wenn ich dir sage, daß sie schon drei Abtreibungen hinter sich hatte, ehe sie zwanzig war. Sie ist das liederlichste Weib in ganz Canelli, und ich weiß nicht, ob man auf der Welt eine schlimmere findet.«

»Wo wohnt sie denn?«

Sie aber blieb mit entwaffnender Hartnäckigkeit bei ihrem Thema. »Sie hat so viel Zwietracht zwischen meiner Tochter und meinem Schwiegersohn gesät, und mein Schwiegersohn, der nicht von hier ist, war dumm genug, ihr zu glauben und nicht uns, obwohl wir geschworen haben, daß nichts von alledem wahr ist. Jetzt hat er's endlich eingesehen und verträgt sich besser mit meiner Tochter als vorher, ehe dieses Drecksweib versucht hat, sie auseinanderzubringen.«

»Ja, ja, aber wo...?«

»Aus purer Bosheit hat sie's getan, vielleicht, weil sie's nicht länger aushielt, das einzige Hurenstück im ganzen Umkreis zu sein, und darum hat sie sich eine Komplizin ausgedacht, aus den Fingern gesogen hat sie es sich.«

Milton bewegte nervös die Finger und ließ dabei das Brot in den Vitriolbehälter fallen. »Was die Schneiderin getan hat, interessiert mich überhaupt nicht, begreifen Sie das nicht? Mich interessiert nur der Unteroffizier. Kommt er oft zu ihr?«

»Sooft er kann. Stundenlang stehen wir am Fenster. Aber wir bringen dieses Opfer gern, nur damit wir uns jedesmal genau aufschreiben können, wann er zu ihr geht.«

»Sehen Sie in die Luft!« sagte Milton. »Wann ist das gewöhnlich?«

»Meistens abends, gegen sechs. Manchmal kommt

er auch gegen eins, nach dem Essen. Wahrscheinlich steht er sich gut mit seinen Vorgesetzten, er hat sehr oft frei, keiner hat so oft frei wie er.«

»Ein Unteroffizier«, sagte Milton.

»Mein Schwiegersohn sagt, daß er ein Unteroffizier ist, ich kann die Dienstgrade nicht auseinanderhalten. Wenn er dir begegnet, mußt du auf der Hut sein. Er ist bestimmt nicht feige, und daß er kräftige Muskeln hat, kann man durch die Uniform sehen, in unsere Gegend kommt er nur mit schußbereiter Pistole. Einmal kam er mir entgegen, da hatte ich keine Zeit mehr, mich hinter den Akazien zu verstecken. So hat er sie gehalten, die Pistole, halb aus der Tasche heraus.«

»Nur eine Pistole?« fragte Milton. »Und mit einer Maschinenpistole haben Sie ihn nie gesehen? So ein Ding mit durchlöchertem Lauf?«

»Ich weiß schon, was eine Maschinenpistole ist. Aber der läuft nur immer mit einer einfachen Pistole rum.«

Milton rieb sich die eingeschlafenen Beine. Dann sagte er: »Wenn er um eins nicht kommt, warte ich bis sechs. Und auch noch morgen den ganzen Tag, wenn's sein muß.«

»Bis heute abend kommt er bestimmt. Aber er könnte auch schon gegen eins auf einen Sprung kommen.«

»Dann zeigen Sie mir rasch das Haus!«

Sie schlich zu ihm hinüber und zeigte mit dem Finger auf das Haus. Es war ein kleines, ländliches Haus, dessen Vorderfront vor kurzem renoviert worden war. Vom Hoftor zur Haustür führte eine Reihe glatter Steinplatten. Das Haus stand etwa zwanzig Meter jenseits der Landstraße, und dahinter lag ein verkommener Gemüsegarten.

»Kommt er immer von der Straße, wenn er zu ihr will? Geht er nie über die Felder? Wie ich sehe, könnte er von der Kaserne aus direkt über die Felder gehen.«

»Immer über die Straße. Wenigstens in dieser Jahreszeit. Er will doch nicht schlammbespritzt bei ihr ankommen.«

Instinktiv griff Milton nach seiner Pistole. Die Frau rückte unmerklich von ihm ab.

»Es ist aber nicht sicher, daß er jetzt schon kommt«, sagte sie. »Ich habe dir ja erzählt, daß er meistens abends kommt. Aber er kommt immer, wenn's ihm irgend möglich ist, und wenn's nur auf eine halbe Stunde ist. Anscheinend ist sie auch immer bereit dazu. Zwei Köter, die dauernd in Hitze sind.«

»Was liegt hinter Ihrem Weinberg?«

»Das Stück Brachfeld, das du von hier aus sehen kannst.«

»Und dann?«

»Eine Akazienschonung. Wenn der Erdbuckel nicht wäre, könntest du die Spitzen der Akazien sehen.«

»Und dann?«

»Die Landstraße.« Die alte Frau schloß die Augen, um es besser beschreiben zu können. »Die Landstraße«, wiederholte sie. »Die Akazien gehen genau bis an die Landstraße.«

»Schön. Ziehen sich die Akazien bis zur Höhe des Hauses?«

»Ich verstehe nicht, wie du das meinst.«

»Wenn ich am Ende der Akazienschonung angelangt bin, stehe ich dann dem Haus gegenüber?«

»Fast gegenüber, nur noch ein wenig weiter links.«

»Was kommt hinter den Akazien?«

»Ein Weg.«

»Genau hinter der Schonung?«

»Nein, dazwischen liegt vielleicht noch ein Meter.«

»Der Weg mündet in die Landstraße, oder? Und wohin führt er in der anderen Richtung? Auf den Hügel?«

»Ja, auf unsern Hügel.«

»Und wie sieht der Weg da oben aus?«

»Es ist ein Hohlweg.«

»Dann gehe ich jetzt«, sagte Milton. »Wenn alles klappt...« Und er wollte sich zwischen den Rebstökken hindurchzwängen.

Die Alte packte ihn an der Schulter. »Warte. Und wenn's schiefgeht? Dann wirst du verraten, daß wir es waren, die dich drauf gebracht haben.«

»Keine Angst. Ich werde schweigen. Aber ich denke schon, daß es klappt.«

10

Er kroch ans Ende der Akazienschonung, geschmeidig und lautlos wie eine Schlange. Der Zeitpunkt war gut gewählt und die Lage ideal. Milton war dem Unteroffizier um fünf Sekunden voraus. Sie würden haargenau an der Einmündung des Weges in die Landstraße zusammentreffen, der Unteroffizier würde ihm einen einzigen Quadratzentimeter Rücken und damit seine ganze Person darbieten. Vorausgesetzt, daß nichts dazwischenkam, vorausgesetzt, daß die Welt fünf Sekunden lang stillstand und nur sie beide sich bewegten.

Es ging so leicht, daß er es mit geschlossenen Augen hätte tun können.

Er federte in die Knie, sprang los und machte im Sprung eine halbe Drehung nach links. Er setzte ihm die Pistole mitten auf den Rücken, der so breit war, daß er die ganze Straße verdeckte und fast den ganzen Himmel. Durch die Wucht des Stoßes prallte der Nacken des Unteroffiziers beinahe gegen seinen Mund, doch dann ging der Mann in die Knie. Milton richtete ihn wieder auf und stieß ihn mit der Pistole in den Weg hinter den Akazien. Dann riß er ihm die Pistole aus der Tasche, steckte sie ein, tastete ihm voll Abscheu die Brust ab und stieß ihn schließlich wegaufwärts.

»Nimm die Hände hinterm Nacken zusammen!«

Auf dem Weg hinter der Akazienschonung spiegelte sich die Sonne rot in einer Pfütze.

»Beeil dich und paß ja auf, daß du nicht ausrutschst. Wenn du ausrutschst, schieße ich genauso, wie wenn du eine falsche Bewegung machst. Du kannst ihn zwar nicht sehen, aber ich habe einen Colt in der Hand. Du weißt doch, was für Löcher ein Colt macht?«

Der Mann stieg langsam bergan. Der Weg ging bereits aufwärts, die Böschung wurde höher. Der Mann war nur wenig kleiner als Milton und fast doppelt so breit. Doch daran dachte Milton nicht, er brannte darauf, ihm die Sachlage auseinanderzusetzen.

»Wahrscheinlich willst du wissen, was ich mit dir vorhabe«, redete er ihn an.

Der Unteroffizier zitterte und schwieg.

»Paß auf. Aber geh nicht langsamer und paß gut auf. Umlegen werde ich dich jedenfalls nicht, hast du verstanden? Ich werde dich nicht umlegen. Die in Alba haben einen Kameraden von mir geschnappt und wollen ihn erschießen. Aber ich werde dich gegen ihn austauschen. Wir müssen rechtzeitig da sein, du und ich. Also, in Alba wirst du ausgetauscht. Hast du gehört? Sag doch was!« Der Mann erwiderte nichts.

»Sag was!«

»Ja.«

»Also, mach keinen Unsinn. Es lohnt sich nicht. Wenn du spurst, bist du morgen mittag schon wieder frei und bei deinen Leuten. Hast du verstanden? Antworte!«

»Ja, ja.«

Während Milton redete, wurden die Ohren des Unteroffiziers scheinbar immer größer und spitzten sich wie bei einem Hund, der gerufen wird.

»Falls du mich zwingst, auf dich zu schießen, bist du selbst schuld an deinem Tod. Verstanden?«

»Ja, ja.« Er hielt den Kopf steif, als wäre er angeschraubt, aber gewiß war er mit den Augen überall.

»Mach dir keine Hoffnung«, sagte Milton, »mach dir keine Hoffnung, daß wir einer eurer Patrouillen begegnen, denn in dem Fall schieß ich dich über den Haufen. Sobald ich sie sehe, schieße ich. Du würdest also nur auf deinen Tod hoffen. Antworte!«

»Ja, ja.«

»Sag doch mal was anderes als immer nur ›ja, ja‹!«

Unten am Hang bellte ein Hund. Sie hatten schon fast ein Drittel der Anhöhe hinter sich.

»Es wird zwar niemand hier vorbeikommen«, sagte Milton, »aber falls ein Bauer vorbeikommen sollte, verdrückst du dich augenblicklich an den Wegrand, und zwar zur Böschung hinunter. Dann kann er vorbei, ohne dich zu streifen, und du kommst nicht auf den dummen Gedanken, dich an ihn zu klammern. Hast du verstanden?«

Er nickte.

»Das wäre so eine Idee, auf die einer kommen könnte, der weiß, daß er zum Sterben geht. Du aber wirst nicht sterben. Paß auf, daß du nicht ausrutschst. Ich bin kein Roter, ich bin Badoglianer. Das gefällt dir schon besser, was? Hoffentlich glaubst du mir, daß ich dich nicht umlegen werde. Und das sag ich nicht etwa, weil wir noch so dicht bei Canelli sind und vielleicht einer eurer Patrouillen begegnen könnten. Wenn wir weiter fort sind, werde ich dich noch besser behandeln. Hast du gehört? Hör auf zu zittern. Du hast wirklich keinen Grund mehr dazu. Wenn's immer noch der Schock ist, weil du auf einmal eine Pistole im Rücken hattest, müßtest du ihn doch allmählich überwunden haben. Bist du Unteroffizier bei der San Marco oder nicht? Warst du auch bei denen, die sich heute früh in Santo Stefano so aufgespielt haben?«

»Nein!«

»Schrei nicht so! Und hör auf zu zittern und sag endlich was!«

»Was soll ich denn sagen?«

»So ist's schon besser.«

Der Weg machte eine plötzliche Biegung, und Milton ging ganz auf die andere Seite hinüber, um einen Blick auf das Gesicht seines Gefangenen zu werfen. Aber es ging so schnell, daß er nur ganz flüchtig ein Paar graue Augen und eine kleine, markante Nase sah. Er ärgerte sich nicht darüber, im Grunde war es ihm gleichgültig. Das Gesicht war ihm gleichgültig, genauso gleichgültig, wie es den Faschisten in Alba sein würde, die ihn gegen Giorgio austauschten. Auch der Dienstgrad war bedeutungslos. Es genügte, daß der Mann in einer bestimmten Uniform steckte. Aber was für ein Mann und was für eine Uniform! Milton musterte voll Genugtuung, fast zärtlich, den schweren und zugleich elastischen Körper und freute sich zum erstenmal an dieser Uniform, ja sogar an den Stiefeln. Was für ein Lösegeld, was für einen Kaufwert er darstellte! Er überraschte sich bei dem Gedanken, daß ihm das faschistische Kommando gut und gern drei Männer wie Giorgio gegen so einen Unteroffizier eintauschen würde. Im selben Augenblick aber dachte er daran, daß dieser Mann bestimmt schon andere getötet, genauer gesagt, erschossen hatte. Er wirkte auch wie einer, der sich nichts draus macht, auf Menschen zu schießen. Vor sich sah er die hohlwangigen, kindlichen Gesichter der erschossenen Jungen, ihre nackten Oberkörper, die so mager waren, daß das Brustbein wie ein Schiffskiel herausragte. Das war die andere Wahrheit, die man nicht vergessen durfte. Aber er würde ihn nicht danach fragen. In seiner Angst hätte es der Mann ja doch geleugnet; und wenn man mit dem Colt ein wenig nachhalf, würde er vielleicht zugeben, daß er andere erschossen hatte, aber nur im regulären Gefecht. Doch so ein Verhör würde die Dinge nur komplizieren, und der Marsch nach Mango würde dann gewiß nicht so glatt und rasch vonstatten gehen, wie er jetzt hoffte. Er mußte die Wahrheit über Fulvia erfahren, das war das wichtigste, wichtiger als alles andere.

»Schlag dir die Patrouillen aus dem Kopf«, sagte er mit sanfter, fast hypnotisierender Stimme. »Bete zu Gott, daß keine unterwegs sind. Ich werde dich nicht umlegen, ich werde dich sogar beschützen, ich werde nicht zulasssen, daß man dir auch nur ein Haar krümmt. Bei uns gibt's abgebrühte Kerle, aber ich sorge dafür, daß sie dich in Frieden lassen. Ich will dich nur gegen meinen gefangenen Kameraden austauschen. Glaubst du mir jetzt? Rede!«

»Ja, ja.«

»Wo kommst du her?«

»Aus Brescia.«

»Ziemlich viele von euch sind aus Brescia. Wie heißt du?« Er gab keine Antwort.

»Willst du's mir nicht sagen? Meinst du, ich würde damit prahlen? Ich werde nie von dir sprechen, jetzt nicht und in zwanzig Jahren nicht. Ich werde nie damit prahlen. Aber behalte deinen Namen ruhig für dich!«

»Alarico«, antwortete der Unteroffizier hastig.

»Welcher Jahrgang?«

»Jahrgang dreiundzwanzig.«

»Dann bist du genauso alt wie mein Kamerad. Auch das würde also passen. Und was warst du früher?«

Er antwortete nicht.

»Student?«

»Aber nein!«

Die Böschung zu beiden Seiten des Hohlweges wurde immer niedriger, schließlich lief sie ganz aus, und der Weg war vom Abhang her frei sichtbar. Milton schielte zurück und sah, daß Canelli viel weniger weit entfernt war, als er geglaubt hatte. Das Dorf schien immer näher zu rücken, als befände es sich auf einer Hebebühne.

»Geh ganz rechts! Ganz dicht am Hang entlang!«

Noch eine scharfe Kehre, aber diesmal versuchte Milton nicht, das Gesicht des Mannes zu sehen, er senkte sogar abweisend die Augen. Der Unteroffizier keuchte.

»Wir haben schon mehr als die Hälfte«, sagte Milton. »Du solltest froh sein. Morgen mittag bist du frei, dann kannst du wieder gegen uns kämpfen. Wer weiß, ob du's mir nicht einmal mit gleicher Münze heimzahlst. Das ist ja nicht ausgeschlossen bei der Art, wie wir den Krieg führen. Du würdest mich dann kaum austauschen, oder?«

»Doch, doch!« würgte der Unteroffizier. Es klang mehr wie ein Flehen.

»Warum regst du dich so auf? Glaube nicht, daß ich dich für grausamer halte als mich selbst. Jeder von uns hätte dann das Bestmögliche aus dem andern herausgeholt. Ich meinen Kameraden und du deine Haut. Damit wären wir quitt. Also...«

»Nein, nein, bestimmt nicht!« wehrte der andere ab.

»Laß gut sein. Ich hab das nur zum Spaß gesagt, um von was anderem zu sprechen. Denken wir lieber an den Augenblick. Ich hab dir schon gesagt, daß ich dich beschützen werde. Sobald wir da sind, geb ich dir zu essen und zu trinken. Auch eine Packung Zigaretten schenk ich dir. Englische, mal was anderes für dich. Und Rasierzeug gebe ich dir, damit du dich rasieren kannst. Ich will, daß du anständig aussiehst, wenn du nach Alba kommst. Hast du verstanden?«

»Laß mich die Hände runternehmen!«

»Nein!«

»Ich halte sie ganz fest an den Hüften, als wäre ich gefesselt!«

»Nein. Aber später sollst du's besser haben. Heute nacht wirst du in einem Bett schlafen. Wir schlafen auf Stroh, aber du sollst in einem Bett schlafen. Ich selbst werde vor der Tür Posten stehen, dann sind wir sicher, daß man dir keinen Streich spielt, während du schläfst. Und zum Austausch morgen früh werden uns die besten meiner Kameraden begleiten. Ich selbst werde sie aussuchen. Du wirst schon sehen. Ich behandle dich doch nicht schlecht. Oder, behandle ich dich schlecht?«

»Nein, nein.«

»Du wirst sehen, wie die andern erst sind. Gegen die bin ich geradezu ein Unmensch.«

Sie hatten schon fast den Kamm erreicht. Milton sah auf die Uhr. Ein paar Minuten vor zwei. Um fünf würden sie in Mango sein. Er blickte auf Canelli hinunter, und auf einmal wurde ihm schwindlig, er wußte nicht, ob vor Müdigkeit oder vor Hunger oder nur vor Erleichterung, weil bis jetzt alles geklappt hatte.

»Wir beide haben's jetzt geschafft«, sagte er.

Der Unteroffizier blieb mit einem Ruck stehen und stöhnte.

Milton fuhr zusammen und faßte die Pistole fester.

»Was denkst du denn jetzt schon wieder? Das hast

du in die falsche Kehle gekriegt. Hör auf zu zittern! Ich will dich nicht umlegen. Weder hier noch anderswo. Ich werde dich nie umlegen. Laß mich doch nicht immerfort dasselbe sagen. Glaubst du mir? Sag doch was!«

»Ja, ja.«

»Geh weiter!«

Sie hatten die Hochfläche erreicht. Milton erschien sie viel größer als am Morgen. Er sah zu dem einsamen Haus hinüber, das schweigsam dastand, verschlossen und gleichgültig, wie am Morgen. Der Unteroffizier schritt nun blindlings weiter, stapfte durch den Schlamm, ohne den Disteln auszuweichen.

»Warte!« befahl Milton.

»Nein!« sagte der Mann und blieb stehen.

»Hör auf! Mir ist eben was eingefallen. Paß auf. Wir müßten eigentlich durch ein Dorf, das von den Unsern besetzt ist. Natürlich gibt's unter denen abgebrühte Burschen. Besonders zwei, deren Brüder ihr auf dem Gewissen habt. Ich behaupte ja nicht, daß ihr von der San Marco es gewesen seid. Aber die würden dich bestimmt gern umlegen. Besser, wir meiden das Dorf und machen einen Umweg durch ein Tal, das ich kenne. Aber zwing mich nicht...«

Die Finger des Unteroffiziers lösten sich mit gräßlichem Knacken von seinem Nacken. Die Arme ruderten im weißen Himmel. So in der Schwebe war er schrecklich und plump anzusehen. Er flog zur Seite, dem Abhang entgegen.

»Nein!« schrie Milton, doch der Colt schoß, als hätte der Schrei den Abzugshebel durchgedrückt.

Der Mann fiel auf die Knie und verharrte so einen Augenblick, ganz zusammengekrümmt, den Kopf flach nach hinten, die kleine, markante Nase gegen den Himmel gereckt. Milton schien es, als hätte die Erde nichts damit zu schaffen, weder mit ihm noch mit dem andern, als spielte sich alles in der Schwebe ab, im weißen Himmel.

»Nein!« schrie Milton und schoß noch einmal, zielte auf den großen roten Flecken, der den Rücken des Mannes verschlang.

11

Es hatte aufgehört zu regnen, Windstöße fegten über den Boden, lösten den Schotter aus schlammigem Untergrund und wirbelten ihn über die Straße. Es dämmerte bereits, und der heftige Wind verringerte die Sicht.

Die beiden Männer maßen sich aus zwanzig Schritt Entfernung, die Augen halb zusammengekniffen, um den andern zu erkennen oder seinen Bewegungen zuvorzukommen, die Hände an den Pistolentaschen. Jener an der Ecke des einsamen Hauses trug einen Regenumhang in Tarnfarben, der wie ein Segel im Wind knatterte. Langsam zog er die Pistole und richtete sie auf den Mann, der am Ausgang der Kurve mit einem Ruck stehengeblieben war und im Wind schwankte.

»Komm näher!« sagte der mit der Pistole. »Nimm die Hände hoch und klatsche sie zusammen. Klatsch die Hände zusammen!« wiederholte er lauter, um den Wind zu übertönen.

»Bist du nicht Fabio?« fragte der andere.

»Und du?« fragte Fabio und senkte kaum merklich die Waffe. »Du bist doch...? Das ist ja... Milton?«

Und sie liefen einander entgegen, hastig und mit großen Schritten, als könne einer den Beistand des anderen auch nicht eine Sekunde länger entbehren.

»Was machst du denn hier?« fragte Fabio, Vizekommandeur des Stützpunktes Trezzo. »Seit einer Ewigkeit haben wir dich nicht mehr gesehen. Dabei sind wir nur knapp einen Hügel voneinander entfernt... Wieso bist du in Zivil?« Er hatte Miltons Zivilkleider unter dem Schlamm kaum erkannt.

»Ich war wegen einer Privatsache in Santo Stefano.«

Sie schrien beinahe, um den Sturm zu übertönen.

»In Santo Stefano war doch heute früh die San Marco.«

»Das sagst du mir; dabei mußte ich durch den Belbo waten, um meine Haut zu retten.«

Fabio lachte, und sein Lachen wurde vom Wind fortgewirbelt wie eine Feder.

»Ist einer deiner Männer ohne Waffe, Fabio?«

»Ja, sogar zwei.«

»Dann gib ihm das hier.« Und Milton reichte ihm die Beretta des Unteroffiziers.

»In Ordnung. Aber warum behältst du sie nicht?«

»Ich kann sie nicht brauchen.«

Fabio wog die Pistole in der Hand, dann verglich er sie mit seiner eigenen. »Die ist doch tadellos und neuer als meine. Bei Licht will ich sie mir genauer ansehen, inzwischen...« Und Fabio steckte die Waffe des Unteroffiziers in seine Pistolentasche und seine eigene anderswohin.

»Ich kann sie nicht brauchen«, sagte Milton. »Fabio, was gibt's Neues von Giorgio?«

»Was sagst du?«

»Gehn wir in den Stall, um zu reden«, schrie Milton und deutete auf die Hütte am Straßenrand.

»Nein, nicht da hinein, da sind drei meiner Leute mit Krätze untergebracht. Mit Krätze!«

Fabio drehte sich mit dem Rücken gegen den Wind. »Wenn der Wind nicht wäre, könntest du sie von hier aus jammern hören. Sie fluchen und jammern und scheuern sich an den Wänden wie Bären. Ich geh' da nicht mehr rein, denn sie verlangen dauernd, daß man sie kratzt. Sie reichen dir Holz- und Eisenstücke, damit du sie kratzt. Fingernägel spüren sie überhaupt nicht mehr. Vor fünf Minuten hätte Diego mich fast erwürgt. Gibt er mir doch einen Eisenkamm und sagt, ich solle ihn kratzen. Natürlich hab ich mich geweigert, und schon springt er mir an die Kehle.«

»Und was ist mit Giorgio?« schrie Milton. »Meinst du, daß er noch lebt?«

»Wir haben nichts gehört. Das müßte bedeuten, daß er noch lebt. Wenn sie ihn umgelegt hätten, wäre schon jemand von Alba gekommen, um es uns zu sagen.«

»Möglich, daß sie bei diesem Wetter lieber daheim geblieben sind.«

»Nicht bei einer so wichtigen Nachricht. Da hätte sich auch bei diesem Wetter bestimmt einer die Mühe gemacht.«

»Meinst du...«, fragte Milton, doch in diesem Augenblick packte ihn ein besonders heftiger Windstoß.

»Dort hinüber!« schrie Fabio, faßte Milton am Ellbogen und kämpfte sich mit ihm bis hinter einen Sockel durch, der am Eingang von Trezzo stand.

»Meinst du«, fing Milton wieder an, als sie geschützt hinter dem Sockel standen, »meinst du, daß er noch lebt?«

»Ich glaube schon. Sonst hätten wir etwas gehört. Sie werden ihm den Prozeß machen. Seine Eltern werden sicherlich den Bischof bemühen, und in so einem Fall geschieht nichts ohne Prozeß.«

»Wann wird das sein?«

»Ich weiß nicht«, antwortete Fabio. »Ich weiß nur, daß einer unserer Männer eine Woche nach seiner Gefangennahme vor Gericht gestellt worden ist. Sie haben ihn dann gleich erschossen, als sie aus dem Gerichtsgebäude kamen.«

»Ich muß Gewißheit haben«, sagte Milton. »Und die kannst du mir nicht geben, Fabio.«

Fabio fuhr herum. »Bist du wahnsinnig, Milton? Wie sollte ich dir was mit Bestimmtheit sagen können? Oder soll ich vielleicht zum Posten von Porta Cherasca gehen, die Mütze in der Hand...«

Milton hob die Hand, aber Fabio ließ sich nicht unterbrechen: »...die Mütze in der Hand und sagen: ›Verzeihung, die Herren Faschisten, ich bin der Partisan Fabio. Würden Sie vielleicht die Güte haben und mir sagen, ob mein Kamerad Giorgio noch am Leben ist?‹ Bist du wahnsinnig, Milton? Übrigens, bist du nur deshalb gekommen, um etwas von Giorgio zu erfahren?«

»Natürlich. Ihr seid am nächsten bei der Stadt.«

»Und was hast du jetzt vor? Gehst du nach Treiso zurück?«

»Ich bleibe über Nacht bei euch. Morgen gehe ich bis kurz vor Alba und schicke einen kleinen Jungen als Kundschafter in die Stadt.«

»Du kannst ruhig bei uns übernachten.«

»Aber ich möchte nicht mit zur Wache eingeteilt werden. Ich bin seit vier Uhr früh auf den Beinen und auch gestern den ganzen Tag marschiert.«

»Keiner verlangt, daß du Wache schiebst.«

»Dann zeig mir, wo ich schlafen kann.«

»Wir schlafen verstreut«, erklärte Fabio. »Alba ist zu nahe, und die treiben sich jetzt auch nachts in der Gegend herum. Darum schlafen wir nicht alle an einer Stelle. Falls sie uns erwischen, muß dann nur ein Teil dran glauben.« Er deutete mit dem Arm auf ein langgestrecktes, niedriges Haus am Fuß des Hügels hinter Treiso. »Dort ist ein prima Stall«, sagte Fabio. »Und ziemlich viel Vieh, und die Fenster haben alle Scheiben.«

»Soll ich sagen, daß du mich schickst?«

»Nicht nötig. Du findest unsere Leute dort.«

»Kenne ich einen von ihnen?« fragte Milton. Der Gedanke, in Gesellschaft schlafen zu müssen, war ihm zuwider. Fabio überlegte einen Augenblick, dann sagte er, daß Milton auch den alten Matè dort finden werde. Es wurde Nacht, und die Bäume bogen sich im Sturmwind. Milton hatte bald den Pfad unter den Füßen verloren, und ohne ihn erst lange zu suchen, stapfte er einfach quer über die Äcker, bis zu den Waden im Schlamm. Er hatte das Gefühl, als käme das Haus überhaupt nicht näher und er laufe immerfort auf der Stelle.

Als er endlich auf dem Vorplatz stand, der beinah ebenso schlammig war wie die Äcker, und wenigstens einen Teil des Schlammes abstreifte, mußte er plötzlich an Leo denken. »Ich hab ihm schon einen Tag gestohlen, und morgen werde ich ihm noch einen stehlen. Und wenn die Welt einstürzen sollte deswegen. Wer weiß, wie ärgerlich und besorgt er ist, und vor allem wie enttäuscht. Ich kann's nicht ändern, aber es ist wirklich schade. Ausgerechnet er, der gesagt hat, ich sei großartig, weil ich immer kühl und vernünftig bliebe, auch wenn alle andern, er selbst inbegriffen, den Kopf verlören.« Voller Bitterkeit ging er zur Stalltür und stieß sie heftig auf.

»He!« sagte eine Stimme. »Etwas sachte! Wir sind herzkrank.«

Er war auf der Schwelle stehengeblieben, atemlos wegen der Wärme, die aus dem Stall drang, geblendet vom Schein der Karbidlampen.

»Das ist doch Milton!« sagte die Stimme von vorhin, und Milton erkannte Matès Stimme und sah als erstes seine harten Gesichtszüge und sanften Augen.

Es war ein großer Stall, erhellt von zwei Karbidlampen, die am Balken hingen. Sechs Ochsen standen an der Raufe und in einem Verschlag etwa ein Dutzend Schafe. Matè saß mitten im Stall auf einem Strohballen. Zwei andere Partisanen hockten auf dem Futtertrog und stießen mit den Knien immer wieder die Mäuler der Ochsen zurück, die sich an sie drängten. Ein anderer schlief auf dem Boden der Futterkiste, seine Füße ragten über den Rand der Kiste. Am

Eingang zur Küche saß eine alte Frau auf einem Kinderstuhl und spann mit dem Rocken. Ihr Haar schien aus dem gleichen Material zu sein wie das Gespinst. »Guten Abend, Signora«, sprach Milton sie an. Neben der Alten kniete ein kleiner Junge auf mehreren übereinandergelegten Säcken und schrieb seine Hausaufgaben auf einem umgedrehten Bottich.

Matè deutete auf den Strohballen und forderte Milton auf, sich neben ihn zu setzen. Obwohl er nicht im Dienst war, trug er alle Waffen und hatte nicht einmal die Schuhe aufgeschnürt.

»Jetzt sag bloß, ich hätte dir Angst eingejagt«, meinte Milton, als er sich neben ihn setzte.

»Doch, ich geb' dir Brief und Siegel drauf. Ich hab tatsächlich schon ein schwaches Herz. Dieses Handwerk greift das Herz mehr an, als wenn man Taucher wäre. Du hast die Tür wie mit einem Kanonenschlag aufgedonnert. Und dann, weißt du eigentlich, wie du aussiehst? Du hast dich wohl schon lange nicht mehr im Spiegel betrachtet?«

Milton wischte sich mit den Händen übers Gesicht. »Was habt ihr denn gerade gemacht?«

»Nichts. Vorhin haben wir geknobelt. Und seit fünf Minuten denke ich nach.«

»Worüber?«

»Es wird dir komisch vorkommen. Über meinen Bruder, der in Deutschland gefangen ist. Wenn uns auch hier unsere eigenen Probleme auf den Nägeln brennen, hab ich doch an ihn denken müssen. Du hast keinen, der in Deutschland gefangen ist?«

»Nur Freunde und Schulkameraden. Wurde er nach dem 8. September gefangen? War er in Griechenland oder in Jugoslawien?«

»Ach was«, erwiderte Matè. »In Alessandria war er, einen Katzensprung von zu Hause, aber er hat sich nicht mehr durchschlagen können. Andere aus unserem Ort waren damals in Rom, in Triest und weiß der Teufel wo, und sind heimgekehrt, nur er aus Alessandria nicht. Unsere Mutter hat bis zum letzten Septembertag in der Haustür gestanden. Wer weiß, wie das passiert ist. Und wenn man bedenkt, daß er alles andere als eine Schlafmütze war, im Gegenteil, er war sogar der Hellste von uns Brüdern. Alle möglichen Tricks hat er uns beigebracht, sogar Dinge, die mir jetzt als Partisan noch nützlich sind. Na schön, von meinem Bruder abgesehen meine ich, wir sollten ruhig ein bißchen mehr an unsere Leute denken, die in Deutschland gefangen sitzen. Hast du vielleicht je von ihnen sprechen hören? Kein Mensch denkt noch an sie. Ich finde, wir sollten öfter an sie denken. Auch um ihretwillen sollten wir den Gashebel ein bißchen mehr durchtreten. Meinst du nicht auch? Es muß doch verdammt ungemütlich sein hinterm Stacheldraht, wo man Hunger leidet und fast den Verstand verliert. Ein einziger Tag weniger kann wichtig, kann entscheidend für sie sein. Wenn wir den Krieg nur um einen Tag abkürzen, bleibt vielleicht einer mehr am Leben, wird vielleicht einer weniger verrückt. Man muß sie so rasch wie möglich rausholen. Und dann werden wir einander alles erzählen, wir und sie, und es wird schlimm genug für sie sein, wenn sie nur erzählen können, wie sie dagesessen und gewartet haben, und zuhören müssen, wie wir von unseren Taten berichten. Was meinst du, Milton?«

»Ja, ja«, sagte Milton. »Aber ich dachte gerade an einen, der tausendmal schlimmer dran ist als alle, die man nach Deutschland abtransportiert hat. An einen, der sich sogar freiwillig nach Deutschland verpflichten würde, wenn er noch lebte. Hast du das von Giorgio gehört?«

»Giorgio Seidenpyjama?«

»Warum nennst du ihn Seidenpyjama?« fragte Riccardo, einer der beiden, die rittlings auf dem Futtertrog saßen.

»Sag's ihm nicht«, bat Milton leise.

»Das geht dich nichts an«, sagte Matè zu Riccardo, und dann flüsternd zu Milton: »Ich kann nichts dafür. Als ich hörte, daß sie ihn geschnappt haben, mußte ich sofort daran denken, wie er sich den Seidenpyjama angezogen hat, um im Stroh zu schlafen.«

»Was werden sie mit ihm machen?«

Matè starrte ihn mit aufgerissenen Augen an. »Das fragst du noch?«

»Aber vorher werden sie ihm den Prozeß machen.«

»Ach, ja!« erwiderte Matè. »Das vielleicht. Bestimmt sogar, ganz bestimmt. Leute wie Giorgio stellen sie immer vor Gericht. Dich übrigens auch, falls sie dich schnappen. Dich würden sie auch vor Gericht stellen, eher noch als Giorgio. Ihr seid Studenten, was Besseres, hübsche Verpackung zum Aufreißen. Leute wie euch stellt man vor Gericht. Euch macht man den Prozeß, klar? Aber Kerle wie ich und die beiden da hinten, die sind nicht interessant genug. Wenn sie uns fassen, schleudern sie uns an die Wand und schießen schon, bevor wir die Wand erreicht haben. Aber damit wir uns recht verstehen, Milton, ich bin dir deswegen nicht etwa böse: was macht es schon aus, ob man gleich krepiert oder erst drei Tage später?«

»Herrgottssakramentsfaschisten?« sagte der kleine Junge.

Die Großmutter drohte ihm mit dem Rocken. »Das kann dir schlecht bekommen! Feine Sachen lernst du von den Partisanen!«

»Ich kann das nicht«, sagte er zu ihr und zeigte auf seine Hausaufgaben.

»Versuch's noch einmal, und du wirst sehen, daß du's kannst. Die Lehrerin gibt euch nichts auf, was ihr nicht könnt.«

Pinco, der andere auf dem Futtertrog, sagte: »Meint ihr den, den sie gestern früh an der Abzweigung nach Manera geschnappt haben?«

»Nicht gestern früh«, widersprach Milton, »vorgestern früh.«

»Du irrst dich«, sagte Matè zu Milton, »es war gestern früh.«

»Habt ihr von dem gesprochen?« beharrte Pinco. »Na, die Art, wie sie den geschnappt haben, will mir nicht recht gefallen.«

Milton fuhr herum. »Was willst du damit sagen?« Seine Augen traten fast aus den Höhlen, während er den verdammten Fremden anstarrte, der an Giorgio etwas auszusetzen hatte und damit auch Fulvia beleidigte. »Was willst du damit sagen?«

»Ich will sagen, daß er nicht der Typ war, der sich bis zum letzten verteidigte wie Blackie, oder sich gleich in den Mund schoß wie Nanni.«

»Es war neblig», erwiderte Milton, »und im Nebel konnte er weder das eine noch das andere tun. Er hatte nicht mal Zeit zu begreifen, was los war.«

»Pinco«, sagte Matè, »du hättest besser den Mund gehalten. Kannst du dich denn nicht mehr an den dichten Nebel von gestern früh erinnern? Die Faschisten hätten ebensogut auf einen Baum oder eine weidende Kuh stoßen können wie auf ihn.«

»In diesem Nebel«, bekräftigte Milton, »hat er sich gar nicht bewähren können. Es kam alles viel zu plötzlich. Aber er hatte Mut, das kann ich dir versichern. Hätte er die Möglichkeit dazu gehabt, so hätte er sich in den Mund geschossen wie Nanni. Er hat es mir schon einmal bewiesen. Im Oktober 1943, als noch keiner von uns bei den Partisanen war, ja, als man an Partisanen noch gar nicht recht dachte. Ihr wißt alle so gut wie ich, wie es damals in Alba ausgesehen hat. Grazianis Bekanntmachungen an allen Ecken, die Deutschen, die noch auf ihren Motorrädern mit Beiwagen und Maschinengewehr herumfuhren, die ersten Faschisten, die wieder Morgenluft witterten, die übergelaufenen Carabinieri…«

»Ja«, unterbrach Pinco, »ich selbst habe einen übergelaufenen Carabiniere entwaffnet…«

»Laß mich zu Ende reden!« sagte Milton heftig.

Ihre Familien hatten sie eingesperrt, auf dem Estrich oder im Keller, und wenn man sie überhaupt ins Freie ließ, dann mit so viel Gerede über Verantwortung und Schuld, daß sie sich wie Vatermörder vorkamen, wenn sie nur auf die Straße gingen. Doch eines Abends im Oktober hatten Milton und Giorgio es nicht mehr ausgehalten, ewig eingesperrt zu sein, und waren ins Kino gegangen. Es lief gerade ein Film mit Viviane Romance. »Ich kann mich noch an sie erinnern«, sagte Riccardo, »sie hatte einen Mund wie eine Banane.«

»Wo gab's denn diesen Film?« wollte Matè wissen. »Im Eden oder im Corino?«

»Im Corino. Ich sagte meiner Mutter, daß ich nur schnell bei unserm Nachbarn Zigaretten holen wollte, der schwarz damit handelte, und Giorgio wird seinen Eltern etwas Ähnliches vorgemacht haben.«

Auf vielen Umwegen erreichten sie das Kino. Angst hatten sie nicht, aber schreckliche Gewissensbisse. Sie begegneten keiner Menschenseele, doch am meisten überraschte sie das Wetter, es zog gerade ein Gewitter auf. Es regnete noch nicht, aber die Blitze zuckten über den Himmel, und die Straßen wurden alle Augenblicke von violettem Licht überflutet. So erreichten sie das Kino, und schon im Vorraum wurde ihnen klar, daß der Zuschauerraum fast leer sein würde. Die Kassiererin reichte ihnen die Karten mit mißbilligender Miene. Sie gingen nach oben. Außer ihnen waren nur fünf Leute dort, die sich alle in die

Nähe des Notausgangs gesetzt hatten. Milton trat an die Brüstung und warf einen Blick ins Parkett hinunter. Etwa fünfzehn Zuschauer, lauter kleine Jungen, alle noch nicht im wehrpflichtigen Alter, die eine Kontrolle nicht zu fürchten brauchten. Die Notausgänge standen weit offen, obwohl der Wind hereinblies und das Donnern draußen störte.

»Wovon handelte der Film?« fragte Riccardo.

»Ist doch egal. Ich sage dir nur den Titel: ›Die blinde Venus‹.«

Noch vor Ende des zweiten Aktes waren die beiden allein auf dem Rang. Die andern waren schon viel früher dagewesen und hatten den ganzen Film bereits gesehen. Neue Besucher waren nicht gekommen. Milton und Giorgio wechselten den Platz und setzten sich dicht an die Brüstung, um das Parkett überschauen zu können. Da hörten sie plötzlich Geschrei und Lärm im Vorraum und sahen die Zuschauer im Parkett zu den Notausgängen rennen. »Da haben wir's!« sagte Milton zu Giorgio. »Verdammte Viviane Romance!« Milton stürzte zum Notausgang, aber die Tür war zu, von außen verschlossen. Er stemmte sich mit den Schultern dagegen, aber die Tür gab nicht nach. Drunten ging der Tumult weiter. Man schrie, rannte, schlug Türen zu, hämmerte gegen die Wand. »Sie kommen rauf!« rief er Giorgio zu und rannte zum Ausgang, weil er hoffte, er könne ihnen auf der Treppe zuvorkommen, auf den Außenbalkon gelangen und die vier Meter in den Hof hinunterspringen. Er tat dies, obwohl er wußte, daß es schon zu spät war, daß er den Faschisten, die auf dem letzten Treppenabsatz vier Stufen auf einmal nahmen, höchstens noch den Kopf in den Magen rennen konnte. Schon im Laufen warf er einen letzten Blick auf Giorgio und sah ihn rittlings auf der Brüstung sitzen.

»Wer von euch schon mal im Corino war, weiß, daß es vom Rang bis zum Parkett zehn Meter sind. Nun, Giorgio war drauf und dran, sich hinunterzustürzen und auf dem eisernen Gestühl des Parketts zu zerschmettern. ›Nein!‹ schrie ich, er aber antwortete nicht, sah mich nicht mal an, sondern starrte nur immer auf die Tür vor mir, um den Moment abzupassen, wo die Faschisten reinkämen. Doch unten wurde es wieder ruhig. Nichts war passiert, keine Faschisten, meine ich. Man hatte nur einen Kassendiebstahl versucht, die Kassiererin hatte geschrien, das Personal war herbeigerannt und so weiter, dabei hatte jedermann an eine faschistische Razzia gedacht. Aber das Ganze hat mir gezeigt, daß Giorgio Mut hat. Beim Anblick der ersten faschistischen Visage hätte er sich zu Tode gestürzt.«

Die andern schwiegen, dann sagte Matè: »Ich bin überzeugt, daß Giorgio sich umbringt, wenn sie ihn noch nicht kaltgemacht haben. Ich seh ihn in der Zelle vor mir. Wenn er darüber nachdenkt, was ihm passiert ist, wird er sich aus Wut und Verzweiflung den Kopf an der Wand einrennen.«

Sie schwiegen. Dann sagte der kleine Junge zu seiner Großmutter: »Es hat keinen Zweck, ich bring den Aufsatz nicht fertig!«

Die Alte seufzte und wandte sich an die Partisanen: »Ist denn keiner unter euch so was Ähnliches wie Lehrer?« Matè deutete auf Milton, und Milton erhob sich mechanisch, ging auf den kleinen Jungen zu und beugte sich über ihn.

»Der ist mehr als ein Lehrer«, flüsterte Matè der Alten zu, »der ist schon ein richtiger Professor. Er kommt geradewegs von der Universität.«

Und die Alte: »Sieh einer an, was für vornehme Leute dieser verfluchte Krieg in unsere Gegend verschlägt!«

»Wie heißt denn das Thema?« fragte Milton.

»Die Bäume, unsere Freunde«, plapperte der Kleine.

Milton richtete sich mit einer Grimasse wieder auf. »Das kann ich nicht. Es tut mir leid, aber dabei kann ich dir nicht helfen.«

Und der kleine Junge: »Du bist Lehrer, wie... Aber Herrgottssakramentsfaschisten, warum bist du dann erst gekommen, wenn du mir doch nicht helfen kannst?«

»Ich... dachte... es wäre ein anderes Thema.«

Er ging in eine Ecke des Stalls und breitete einen Strohballen aus. Er mußte endlich schlafen. Der Unteroffizier von vorhin sollte ihn nicht daran hindern, der war selbst an seinem Tod schuld, er, Milton, hatte nichts damit zu schaffen. Übrigens hatte er nicht mal sein Gesicht gesehen. Wehe, wenn er jetzt nicht schlafen konnte! Er war ganz schwach, erledigt, fertig; wie ein Blatt, das in Verwesung übergeht.

Riccardo, der immer noch auf dem Futtertrog hockte, fragte laut: »Wie alt bist du eigentlich, Matè?«

»Sehr alt«, erwiderte Matè. »Fünfundzwanzig.«

»Ja, sehr alt. Fast schon Freibankfleisch.«

»Trottel!« antwortete Matè. »So hab ich das nicht gemeint. Alt an Erfahrung wollte ich sagen. Ich hab schon zu viele sterben sehen. Aus Ungeduld, aus Verlangen nach einer Frau, aus Gier nach Tabak oder weil sie im Auto Partisan spielen wollten.«

Milton warf sich auf dem Stroh hin und her, die Augen hielt er mit den Händen bedeckt. »Morgen. Was soll ich bloß morgen tun? Wo soll ich noch suchen? Es ist ja doch alles sinnlos. Es ist aus mit dem Unteroffizier, und einen anderen werde ich nicht finden. So eine Gelegenheit gibt's nur einmal. Aber dieser Idiot...! Wer weiß, ob sie ihn schon gefunden haben oder ob er noch da oben liegt, allein im Dunkeln, im Morast. Aber warum, warum bloß? Er hat sich eingeredet, daß ich ihm was vormachen wollte, solange wir noch in Reichweite der Patrouillen waren, und einmal darüber hinaus hätte ich... Idiot! Aber morgen, was soll ich morgen bloß tun, wenn ich nicht mal weiß, wo ich suchen könnte!«

Obwohl er sich die Ohren halb zuhielt, hörte er doch die andern reden und litt darunter.

Pinco hatte das Gespräch auf die neue, junge Dorfschullehrerin gebracht, die man in Vertretung der alten, kranken Lehrerin hergeschickt hatte. Pinco gefiel sie und Riccardo nicht minder.

»Laßt doch die arme Lehrerin in Frieden!« sagte die Alte.

»Warum denn? Wir wollen ihr ja nichts Böses tun, sondern was Gutes.« Pinco lachte.

»Ihr werdet schon sehen«, sagte die Alte, »ihr werdet sehen, was das alles für ein Ende nimmt!«

»Sie reden vom Alter«, sagte Riccardo, »aber das geht uns nun wirklich nichts an, überhaupt nichts.«

»Habt ihr's schon wieder mit den Lehrerinnen?« fragte Matè. »Nehmt euch bloß vor den Lehrerinnen in acht, Jungs, das ist eine Sippschaft, die geht durch dick und dünn mit den Faschisten. Ich weiß nicht, was der Duce mit denen angestellt hat, aber neun von zehn sind garantiert Faschistinnen. Ich könnte euch von einer Lehrerin erzählen...«

»Erzähl doch!«

»Faschistin bis unter die Fingernägel«, fuhr Matè fort. »Eine von denen, die davon träumten, Mussolini könnte ihnen ein Kind machen. Und auch in das Schwein von Graziani war sie bis über die Ohren verknallt.«

»Moment mal!« unterbrach Pinco. »War sie jung? War sie hübsch? Das muß man vorher wissen.«

»Um die dreißig wird sie gewesen sein«, sagte Matè, »und ein schönes Frauenzimmer. Ein bißchen kräftig, ein bißchen ins Männliche, aber gut gebaut. Vor allem hatte sie eine wunderbare Haut, wie Seide.«

»Na, Gott sei Dank«, erwiderte Pinco, »wäre sie alt und häßlich gewesen, hättest du dir das Erzählen sparen können, und wenn's die interessanteste Geschichte der Welt gewesen wäre!«

»Als wir erfuhren, daß sie gegen uns hetzte ... Moment mal. Ich vergaß zu sagen, daß ich damals noch bei der Stella Rossa war. Wir lagen auf den Hügeln von Mombarcaro. Unser Kommissar hieß Max und hatte dauernd einen gewissen Alonzo um sich, der den Spanienkrieg mitgemacht hatte und sich delegado militar nannte. Ich weiß nicht, was für ein Dienstgrad das ist, aber in Spanien muß er tatsächlich gewesen sein, jedes dritte Wort von ihm war spanisch; wenn man auch die Sprache nicht verstand, merkte man doch, daß er nicht flunkerte. Aber es ist ja nicht so wichtig, daß er in Spanien war, Hauptsache, daß er zu töten verstand. Ich hab ihn dabei gesehen, aber auch wenn ich ihn nicht gesehen hätte, wußte ich doch, daß er einer von denen war, die gern töten. So was merkt man an den Augen, an den Händen und auch am Mund.«

Die anderen nickten zustimmend, und Maè sagte: »Die Lehrerin wohnte und arbeitete in Belvedere, zehn Kilometer von unserm Stützpunkt entfernt. Als wir hörten, daß sie gegen uns hetzte – und dieses dämliche Weib hatte noch nicht den Mund aufgemacht, da kamen sie schon und petzten –, ließ Kommissar Max sie ein erstes Mal verwarnen. Unserm Kameraden, der ihr die Warnung überbrachte, ein braver, vernünftiger Junge, lachte sie ins Gesicht und überhäufte ihn mit Schimpfwörtern, die eine Lehrerin nicht mal kennen dürfte. Der kümmerte sich nicht drum, denn immerhin war sie eine Frau. Dann berichtete man uns, sie habe auf dem Dorfplatz gesagt, die

Faschisten müßten uns alle mit MGs abknallen. Wir ließen's gut sein. Das nächste Mal sagte sie, die Faschisten müßten mit Flammenwerfern anrücken, und sie würde gern sterben, nachdem sie zugesehen hätte, wie wir alle geröstet wurden. Daraufhin ließ Max sie ein zweites Mal verwarnen. Dieses Mal war einer bei ihr, der war härter als der erste, aber sie behandelte ihn ganz genauso, und er machte, daß er wegkam, sonst hätte er sie auf der Stelle totgeschlagen. Begreift ihr, diese Lehrerin war ein sonderbares Exemplar, amüsant vielleicht, aber nur, wenn man noch nicht verbittert war. Also, es ging weiter wie bisher, sogar noch schlimmer, und eines Abends, als wir aus der Ebene zurückkamen – wir froren, waren hungrig und hatten keinen Tropfen Benzin auftreiben können, obwohl wir eigens deswegen losgefahren waren –, ließ Max den Lkw in Belvedere halten. Der Vater der Lehrerin machte uns auf und wußte sofort, was die Stunde geschlagen hatte. Er warf sich vor uns auf den Boden und flehte uns an. Wir traten ein, mußten dabei über ihn hinwegsteigen, und er versuchte, uns an den Beinen festzuhalten. Auch seine Frau kam und warf sich vor uns auf die Knie. Sie gab uns hundertmal recht, wir sollten sie nur nicht umbringen.«

Die Alte stand auf und sagte zu ihrem Enkel: »Komm, es ist Zeit zum Schlafengehen.«

»Nein, nein, ich will hierbleiben und zuhören!«

»Ins Bett, aber marsch!« und mit dem Spinnrocken dirigierte sie ihn zur Küchentür. Zu den Partisanen sagte sie »Gute Nacht« und »hoffentlich wachen wir morgen früh lebendig auf.«

Matè wartete, bis die beiden draußen waren, und fuhr dann fort: »Wir sollten sie nur nicht umbringen. Sie sei das einzige Kind, und für ihr Lehrerinnendiplom hätten sie so viel geopfert. Die Mutter wollte sich von jetzt an selbst um sie kümmern, und wenn sie zu nichts anderem mehr käme, nicht mal zum Kochen, sie würde sie bewachen, würde ihr den Mund zuhalten, wie einem kleinen Kind. Auch der Vater fand die Sprache wieder, er sagte, er sei ein guter Bürger und im letzten Krieg ein guter Soldat gewesen und hätte unendlich mehr für Italien getan als Italien für ihn. Also, er bot seinen guten Ruf als Ausgleich, als Wiedergutmachung für die verschrobenen Ideen seiner Tochter an. Doch Max erwiderte, es sei zu spät, man habe lange genug mit seiner Tochter Geduld gehabt, so lange, daß es schon fast nach Verrat an der eigenen Sache stänke. In diesem Augenblick tauchte sie selber auf, die Lehrerin. Wahrscheinlich hatte sie sich in irgendeinem Winkel versteckt, aber dann hatte sie das Gejammer ihrer alten Herrschaften nicht mehr mitanhören können. Übrigens war sie mutiger als mancher Mann. Kaum war sie im Zimmer, da kotzte sie auch schon ihre Schimpftiraden aus, und der erste, auf den sie's abgesehen hatte, war Max. Sie spuckte auch, aber wie die meisten Frauen konnte sie nicht spucken, und die Spucke fiel auf ihren Pullover. Alonzo stand neben mir, gleich hinter Max, und sagte leise: ›Erschießen, erschießen, erschießen!‹, regelmäßig wie das Ticken einer Uhr. Alonzo flüsterte es Max zu, und Max wiegte den Kopf, fast als sei er selbst überzeugt, daß es das beste wäre. ›Versucht doch, mich zu erschießen, Verbrecherpack!‹ schreit die Lehrerin. Ein Kamerad kommt zu mir herüber, einer, der alles andere war als blutrünstig, und sagt: ›Matè, die bringen's fertig und erschießen sie am Ende wirklich. Das paßt mir nicht. Das ist zuviel, das ist ehrlich zuviel für eine Frau, die nur mit dem Unterleib denkt.‹ – ›Ja‹, sage ich, ›dieser verdammte Spanier bringt uns noch alle soweit.‹ – ›Natürlich‹, erwidert mein Kamerad, ›sieh dir doch Max an, Alonzo hat ihn ja schon fast soweit!‹ Da geht ein einfacher Partisan an Max vorbei, tritt auf die Lehrerin zu und sagt: ›Das war sehr häßlich von dir, daß du uns den Tod unter Flammenwerfern gewünscht hast. Das hättest du nicht tun sollen!‹ und als ihm die Lehrerin ins Gesicht lacht, tritt er noch einen Schritt vor und hebt die Hand, um sie zu ohrfeigen, um ihr die Visage wie eine Fensterscheibe einzuschlagen. Doch Max hält ihm die Hand fest und sagt: ›Halt! Wir erteilen ihr eine richtige Lektion. Halbe Lektionen würden alles nur schlimmer machen!‹ Und: ›Erschießen, erschießen!‹ flüstert Alonzo immer wieder, der seiner Sache jetzt ganz sicher war. Mein Kamerad wendet sich wieder an mich: ›Matè, ich kann nicht mitansehen, wenn man sie erschießt. Wir müssen um Gottes willen etwas tun!‹ Da sag ich zu ihm, er soll mir vor Alonzo Rückendeckung geben, trete vor, hebe die Hand und bitte ums Wort. ›Was willst du?‹ fragt Max, und er ist schon ganz naß geschwitzt. ›Ich will meine Meinung sagen. Demokratisch. Also, ich würde sie nicht an die Wand stellen, Kommissar. Immerhin ist sie eine Frau. Ich würde vorschlagen, daß wir mit ihr so verfahren, wie die Titoisten mit den Jugoslawinnen, die mit den Faschisten gehen. Scheren wir ihr den Kopf kahl!‹ Max blickt sich um, sieht, daß fast alle einverstanden sind, wirft mir sogar einen erleichterten und dankbaren Blick zu, nur Alonzo wird ganz weiß vor Wut, spuckt mir auf den Schuh und schreit ›Ratero!‹.«

»Was heißt denn Ratero?« fragte Pinco.

»Das weiß ich nicht, ich hab's mir auch nie übersetzen lassen. Aber das war für mich wie ein rotes Tuch, nicht sosehr dieses Wort wie das dreckige Stück Lunge auf meinem Schuh. Ich stieß Alonzo den Kopf in die Brust, und er sackte in sich zusammen wie ein Stück Seidenpapier. Und schon war ich über ihm und putzte mir den Schuh an seinem Gesicht ab. Wie ich wieder aufstand, schwieg Max, und die Lehrerin grinste. Stellt euch vor, sie grinste. Doch als Max sagte: ›Einverstanden, sie wird nicht umgelegt, sie ist nicht mal die Kugeln wert, sie wird kahlgeschoren, wie Matè sagt‹, da verging ihr das Lachen, sie faßte sich an den Kopf, zog aber entsetzt die Hände gleich wieder zurück. Polo übernahm die Arbeit und befahl der Mutter, ihm eine Schere zu bringen. Die Alte stand ganz benommen da, froh, daß man die Tochter nicht umbrachte, aber zugleich verblüfft über die Strafe, die wir uns ausgedacht hatten, und so tat sie auch nicht, was Polo sie geheißen hatte. ›Beeil dich, Tante‹, sagte Polo zu ihr, ›das Haar wächst wieder, das Leben nicht!‹ Inzwischen hatte man sie auf einen Stuhl gesetzt, die Stuhllehne zwischen den Beinen. Ihr Rock rutschte hoch, man konnte die halben Schenkel sehen. Die hätten dir gefallen, Pinco. Kräftig wie bei einem Radrennfahrer. Polo hatte die Schere schon in der Hand, aber die Lehrerin warf den Kopf hin und her, damit Polo nicht rankonnte, und so mußten zwei von uns ihr den Kopf festhalten. Die Schere war groß und stumpf, sie schnitt schlecht. Immerhin konnte Polo damit hantieren, und allmählich kam der Schädel zum Vorschein. Jungs, laßt euch nie einfallen, mitanzusehen, wie eine Frau kahlgeschoren wird, und versucht auch nicht, euch das vorzustellen. Es ist die häßlichste Rübe, die man sich denken kann, und entstellt die ganze Frau. Aber, so grauenhaft es ist, hält es einen zugleich doch gefangen. Regungslos, wie gebannt, standen wir da, und die Lehrerin wehrte sich nicht mehr, aber sie schimpfte und fluchte mit einer Stimme, die schon ganz heiser geworden war und dadurch noch mehr Eindruck machte. Ein paar von uns verdrückten sich, schlichen hinaus zum Lkw. Die Lehrerin warf den Kopf hin und her, und der Rock rutschte ihr immer höher, jetzt konnte man schon die Strumpfbänder sehen. Max wischte sich den Schweiß vom Gesicht und sagte Polo, er solle sich ranhalten. Polo beschwerte sich über die Schere, schimpfte, daß er sich für diese Arbeit hergegeben hatte, und seine Finger waren vom Druck der Schere schon ganz lila. Die Lehrerin war jetzt erschöpft, sie wimmerte nur noch. Ihr Vater saß zusammengesunken auf dem Sofa, den Kopf zwischen den Händen, und durch die Finger sah er teilnahmslos zu, wie die Haarsträhnen seiner Tochter auf den Fußboden regneten. Ihre Mutter hatte sich vor ein Madonnenbild gekniet und betete, ohne zu zucken und ohne Tränen. Den Kopf der Lehrerin konnte man nicht mehr ansehen. Unsere Leute hatten sich inzwischen fast alle verkrümelt. Ich ging auch raus, und wißt ihr, was ich sah? Sie standen in einer Reihe am Straßenrand, den Rücken zum Dorf, das Gesicht zum Tal. Es war schon dunkel, aber ich konnte gut sehen, was sie da machten.«

»Was machten sie denn?« fragte Pinco.

Riccardo versetzte ihm einen Schubs, und Matè sah ihn mit großen Augen an.

»Sag mir doch, was sie machten«, wiederholte Pinco.

»Du spielst dich immer so auf, Pinco, aber in Wirklichkeit ist nichts dahinter. Hör auf mich, Pinco. Du mußt noch manches dazulernen.«

Sie schwiegen lange. Die Wärme im Stall ließ schon nach, die meisten Tiere waren eingeschlafen und atmeten schwächer. Dann sagte Riccardo leise zu Pinco: »Ich richte mich nur nach einer einzigen Religion, und das ist, nie einen Menschen umzubringen, außer im Kampf. Wenn ich imstande wäre, einen andern einfach kaltblütig umzubringen, würde ich selbst einmal so enden. Das ist meine Religion.«

Dann hörte man die ganze Welt draußen erbeben, und einen Augenblick später trommelte der Regen auf das Dach. Matè rieb sich zufrieden die Hände, wie ein alter Mann. Als er schlafen ging und an Milton vorbeikam, warf er einen Blick auf ihn. Milton lag bäuchlings auf dem Stroh ausgestreckt. Gewiß schlief er bereits, obwohl er am ganzen Körper zitterte und mit Händen und Füßen unablässig das Stroh bearbeitete.

Aber Milton schlief nicht. Wieder dachte er an die Hausmeisterin in Fulvias Villa und fühlte, daß ihm ganz wirr im Kopf wurde. »Aber vielleicht habe ich alles ganz falsch aufgefaßt. Vielleicht habe ich übertrieben. Habe ich sie überhaupt richtig verstanden, ihre Worte richtig ausgelegt? Ich bin ganz wirr im Kopf, aber ich muß mich zusammennehmen. Was hat die Hausmeisterin gesagt? Hat sie das von Giorgio und Fulvia wirklich gesagt? Oder habe ich vielleicht nur geträumt? Doch, sie hat es gesagt. Das hat sie gesagt ›......‹ und das ›......‹. Ich sehe noch die Falten um ihren Mund, als sie es sagte. Aber kann es nicht sein, daß ich es falsch verstanden habe? Daß ich eine ganz andere Bedeutung hineingelegt habe? Aber nein, es hatte schon diese Bedeutung, es konnte gar keine andere Bedeutung haben. Eine... besondere... intime... Beziehung. Moment mal! Wollte das die Frau überhaupt sagen, oder glaube ich nur, sie hätte es gesagt? Habe ich nicht übertrieben? Nein, nein, sie hat es deutlich ausgesprochen, und ich habe es richtig verstanden. Aber warum wollte sie, daß ich es erfuhr? Das sind doch Dinge, die man normalerweise gerade denen verschweigt, die es angeht. Sie wußte, daß ich in Fulvia verliebt war und es noch bin. Sie mußte es wissen, sie vor allem. Der Wachhund, die Mauern der Villa, die Blätter der Kirschbäume, sie alle wußten, daß ich in Fulvia verliebt war. Und ob sie es wußte, sie, die so oft gelauscht hat, wenn ich mit Fulvia redete. Aber warum mußte sie mir dann diese Enttäuschung bereiten, mich so ernüchtern, mir die Augen öffnen? Aus Sympathie? Ja, ein bißchen sympathisch mag ich ihr schon gewesen sein. Aber tut man so was bloß aus Sympathie? Sie mußte doch wissen, daß mir ihre Worte wie Bajonette durch und durch gingen. Was konnte ihr daran gelegen sein, mich so unvermittelt zu verletzen? Vielleicht meinte sie, es sei der günstigste, der ungefährlichste Augenblick für mich. Sie hatte es mir solange verschweigen wollen, wie ich noch ein Junge war. Aber als sie mich wiedersah, dachte sie, daß ich jetzt ein Mann geworden sei, daß der Krieg mich zum Mann gemacht hätte und daß ich's jetzt ertragen könnte… O ja, ich hab's ertragen, es hat mich getroffen wie ein wehrloses, nacktes Kind. Ich kann nur hoffen, daß sie aufrichtig war, daß sie mich nicht eine Welt voll Zweifel und Leid auf ein paar leichtfertig hingesagte Worte hat aufbauen lassen. Genau wie Fulvia mich vielleicht eine Welt von Liebe hat aufbauen lassen auf Worte, die sie ebenfalls nur so hingesagt hat… Schluß, Schluß damit! Mir war nicht gut, weil ich nicht wußte, was ich morgen tun, wohin ich gehen, wie ich mich entscheiden sollte. Jetzt aber weiß ich, was ich morgen tun werde. Ich gehe noch einmal zu Fulvias Haus und zu der Frau und lasse mir alles ganz genau wiederholen. Ich werde ihr in die

Augen sehen, ohne ein einziges Mal auch nur mit der Wimper zu zucken. Sie wird mir alles noch einmal wiederholen und auch das hinzufügen müssen, was sie mir beim letzten Mal nicht gesagt hat.«

12

Es war genau neun Uhr morgens. Der Himmel war über und über mit Schäfchenwolken bedeckt, darunter hingen ein paar eisengraue Wolljäckchen, und in einem von ihnen steckte der Mond, durchsichtig wie ein abgelutschtes Bonbon. Bald würde es wieder regnen, aber vielleicht, dachte der Oberleutnant, würde die Angelegenheit noch vor dem ersten Schauer abgetan sein.

Der Oberleutnant ging am Unteroffiziersraum vorbei, der zur Aufbahrung des Unteroffiziers Alarico Rozzoni hergerichtet wurde, trat in die Mitte des Hofes und winkte dem wachhabenden Unteroffizier.

»Bring Bellini und Riccio hierher in den Hof!« sagte er.

»Bellini ist mit dem Kommando draußen auf dem Schlachthof.«

Also würde Riccio der erste sein, dachte der Oberleutnant, ausgerechnet Riccio, der noch jünger war als der andere, nicht einmal fünfzehn wie Bellini.

»Bring mir Riccio raus!«

»Wahrscheinlich ist er in der Küche oder im Keller. Ich frag mal, wo er ist«, erwiderte der Unteroffizier.

»Wir wollen die Sache nicht an die große Glocke hängen. Hol ihn selbst. Und sag ihm, daß im Hof... Material auszuladen wäre.«

Der Unteroffizier runzelte die Stirn und warf dem Oberleutnant einen vielsagenden Blick zu. Er konnte sich das erlauben, weil sie beide aus den Marche stammten. Der Oberleutnant antwortete mit den Augen. Dann sagte der Unteroffizier mit einem kurzen Seitenblick auf die Kommandantur: »Ich bin ja auch dafür, Rozzoni zu rächen. Und ob ich dafür bin! Aber ich würde das doch lieber mit einem dieser Erzhalunken abmachen, die auf den Hügeln rumlaufen…«

»Nichts zu machen!«

»Das sind doch zwei kleine Bengels, die nur Meldegänger gewesen sind, zwei kleine Jungen, die das alles für eine Spielerei gehalten haben…«

»Nichts zu machen!« wiederholte der Oberleutnant. »Befehl vom Kommandeur!«

Der Unteroffizier ging in die Küche, und der Oberleutnant streifte sich hastig die Handschuhe ab und zog sie dann langsam wieder an. Er hatte kein Wort erwidert, auch der sardische Hauptmann war stumm geblieben. Beide hatten sie die Hacken zusammengeschlagen. »Wegen einer Hure haben sie ihn kaltgemacht«, hatte der Kommandeur gesagt. »Es tut mir zwar nicht leid um ihn, aber ich werde ihn rächen. Und ich räche ihn an den Gegnern, die ich gerade bei der Hand habe. Keiner meiner Leute soll ungerächt bleiben!« Sie hatten die Hacken zusammengeschlagen. Den Befehl aber hatte er bekommen, der sardische Hauptmann war oben geblieben, um die Bekanntmachung zu verfassen, die am Nachmittag in ganz Canelli angeschlagen werden sollte, um die Bevölkerung zu informieren.

Die Schäferhündin, die sie als Maskottchen hielten, trottete über den Hof, die Schnauze am Boden. Der Oberleutnant sah ihr nach, bis er Riccios Holzpantinen über den Hof klappern hörte. Er trug kurze Hosen mit Tarnmuster und einen dünnen, ganz zerfetzten und verdreckten Pullover. Sein Haar war so lang, daß es hinten wie in einem Zopf herunterhing, und keine Minute verging, ohne daß er sich am Kopf kratzte.

»Nimm Haltung an!« sagte der Unteroffizier zu Piccio.

»Laß es gut sein!« flüsterte der Oberleutnant. Dann wandte er sich an Riccio: »Geh ein bißchen mit mir im Hof auf und ab!«

»Aber Herr Oberleutnant, wo ist denn das Zeug zum Ausladen?« fragte der Junge und spuckte sich in die Hände.

»Es gibt nichts zum Ausladen«, brummte der Oberleutnant.

Nach ein paar Schritten bemerkte er, daß Riccio einen geschwollenen Unterkiefer hatte. »Haben sie dich verprügelt?«

In Riccios durchtriebenen und zugleich sanften Augen zuckte es belustigt auf. »Ach was, verprügelt«, antwortete er. »Es sieht nur so aus, aber es ist Zahnweh. Nein, sie haben mich nicht gehauen, sie haben mir sogar ein Pyramidon gegeben.«

»Tut's weh?«

»Nicht sehr, jetzt, wo das Pyramidon anfängt zu wirken.«

Der Hof lag verlassen, nur sie beide waren da, und die Hündin, die jetzt an der Umfassungsmauer entlanglief, die den Hof gegen den Wildbach abgrenzte. Der Oberleutnant wußte, daß hinter dieser Mauer der Unteroffizier hervorkommen mußte, wenn er nicht schon da war...

»Aber wo ist denn das Zeug zum Ausladen?« fragte Riccio noch einmal.

»Es gibt nichts zum Ausladen!« antwortete der Oberleutnant, diesmal klar und deutlich. Aus dem Laubengang waren drei Soldaten aufgetaucht, die Riccio mit dem Gewehr in der Hand folgten.

»Für nichts und wieder nichts haben Sie mich und Bellini noch nie geholt«, sagte Riccio und kratzte sich an der Stirn.

»Du sollst zuhören, was ich dir sage«, erwiderte der Oberleutnant.

Riccio nahm Haltung an, dann aber drehte er sich mit einem Ruck zu den dreien um, die hinter seinem Rücken stehengeblieben waren.

»Und die da...?« fing Riccio an und verzerrte dabei das Gesicht wie ein Alter.

»Ja, du mußt mitgehen«, sagte der Oberleutnant hastig.

»Sterben?«

»Ja.«

Der kleine Kerl griff sich an die Brust. »Ihr wollt mich erschießen? Aber warum denn?«

»Du weißt doch noch, daß du damals zum Tod verurteilt worden bist. Bestimmt weißt du das noch. Nun, heute ist der Befehl gekommen, das Urteil zu vollstrecken.«

Riccio schluckte. »Aber ich dachte, ihr hättet dieses Urteil längst vergessen. Das ist ja schon vier Monate her.«

»Leider sind das Dinge, die man nicht ungeschehen machen kann«, antwortete der Oberleutnant.

»Aber wenn ihr's bis jetzt nicht vollstreckt habt, warum wollt ihr's dann gerade heute tun? Dieses Urteil ist doch gar nicht mehr wahr. Weil ihr's damals nicht gleich vollstreckt habt, ist es doch genauso, als wär's aufgehoben.«

»Aufgehoben nicht«, erwiderte der Oberleutnant sanft. »Es war nur aufgeschoben.« Und über Riccios Kopf hinweg warf er einen Blick auf die Gesichter der drei Soldaten, um herauszufinden, was sie dazu meinten, daß er alles so in die Länge zog und nach Erklärungen suchte, und er sah, wie einer von ihnen gelangweilt, halb ironisch zu den Fenstern der Kommandantur hinübersah.

»Aber ich, ich habe mich doch gut geführt. In diesen vier Monaten hab ich mich doch immer gut geführt.«

»Doch, du hast dich gut geführt. Das stimmt.«

»Also, warum wollt ihr mich dann umbringen?« Zwei Tränen waren ihm in die Augenwinkel gestiegen. »Ich bin erst vierzehn. Ihr wißt doch, daß ich erst vierzehn bin, das müßt ihr doch berücksichtigen. Oder ist euch zufällig irgendwas von früher über mich zu Ohren gekommen? Da ist kein wahres Wort dran. Ich hab nie was Böses getan. Und ich hab auch nicht mal mitangesehen, wie ein anderer was Böses getan hat. Ich war Meldegänger, das ist alles.«

»Weißt du«, erklärte der Oberleutnant, »man hat einen von uns umgebracht. Unteroffizier Rozzoni, du hast ihn ja gekannt. Einer von euern Leuten hat ihn umgebracht, auf dem Hügel hier gegenüber.«

»Verdammter Kerl!« flüsterte Riccio.

»Ganz richtig«, sagte der Oberleutnant. »Wenn wir den in die Finger bekämen!«

Riccio mühte sich verzweifelt, Speichel in den Mund zu bekommen, seine Zunge war so trocken, daß er kein Wort mehr herausbrachte, und wenn er nicht gleich wieder etwas sagte, das wußte er, würde der Oberleutnant das Zeichen zum Abmarsch geben. Gerade im richtigen Augenblick hatte er sich wieder gefangen und sagte: »Es tut mir leid, um diesen Unteroffizier tut es mir leid. Aber seit ich hier bin, habt ihr schon öfter Tote gehabt und habt das noch nie an mir ausgelassen.«

»Dieses Mal ist es aber so.«

»Wissen Sie noch, wie Polacci gestorben ist?« fuhr Riccio hartnäckig fort. »Ich hab sogar mitgeholfen, ihm das Ding zu machen, den Katafalk, und ihr habt mich nicht mal schief angesehen dabei.«

»Dieses Mal ist es aber so.«

Riccio knautschte seinen Pullover mit beiden Händen. »Aber ich hab doch nichts damit zu tun. Ich bin erst vierzehn und ich war bloß Meldegänger. Und es war wirklich erst das zweite Mal, als man mich geschnappt hat, das schwöre ich Ihnen. Ich hab nichts damit zu tun. Aber der Befehl, wer hat denn den Befehl gegeben?«

»Der einzige, der ihn geben kann.«

»Der Kommandeur?« fragte Riccio. »Ich hab euern Kommandeur oft gesehen, gerade hier auf dem Hof, und er hat mich nie böse angeschaut. Einmal hat er mir mit der Gerte gedroht, aber er hat gelacht dabei.«

»Dieses Mal ist es aber so«, seufzte der Oberleutnant und hatte nicht die Kraft, die drei Soldaten anzusehen.

»Ich will mit dem Kommandeur sprechen«, sagte Riccio.

»Das geht nicht. Und es hat auch keinen Zweck.«

»Will er das wirklich?«

»Freilich. Hier wird nur getan, was er will, und nichts, was er nicht will.« Riccio weinte still vor sich hin, während er vergeblich nach einem Taschentuch suchte.

»Aber«, sagte er und wischte sich mit den Fingern über die Augen, »ich hab mich immer gut geführt, ich hab alles getan, was ihr mir befohlen habt. Ich hab gefegt, ich hab Stiefel geputzt, ich hab den Müll weggeschafft, ich hab beladen und ausgeladen… Wann soll's denn sein?«

»Jetzt gleich.«

»Jetzt gleich?« stieß Riccio hervor und legte beide Hände auf die Brust. »Nein, nein! Einen Augenblick! Nur ich und Bellini nicht?«

»Bellini auch«, antwortete der Oberleutnant. »Der Befehl gilt auch für Bellini. Er wird gerade vom Schlachthof geholt.«

»Armer Bellini!« sagte Riccio. »Und wir warten nicht auf ihn? Warum warten wir nicht auf ihn? Dann sind wir wenigstens zusammen.«

»Befehl ist Befehl«, entgegnete der Oberleutnant. »Wir dürfen nicht warten. Da gibt's nichts mehr zu... Los, Riccio, geh jetzt!«

»Nein!« sagte Riccio ganz ruhig.

»Vorwärts, Riccio, sei ein Mann!«

»Nein. Ich bin erst vierzehn. Und ich will noch meine Mutter sehen! Ach, Mama! Nein, ich will nicht!«

Der Offizier schielte auf die drei Soldaten. Zwei von ihnen wollten rasch ein Ende machen, aus Barmherzigkeit, der dritte sah ihn zugleich spöttisch und wütend an, als wollte er sagen: »Mit uns macht man nicht soviel Federlesens, wir bekommen vorher höchstens noch ein paar höhnische Worte zu hören, und den hier faßt du mit Samthandschuhen an. Ein schöner Offizier bist du! Du gehörst wohl auch zu denen, die meinen, wir seien erledigt. Und wir? Wir Soldaten des Duce, sind wir vielleicht aus Stein?«

»Also, los!« wiederholte der Oberleutnant und sah auf den dritten Soldaten, der sich mit gespreizten Beinen hingehockt hatte, die Hände über den Knien verschlungen, als wolle er Riccio in seinen Schoß nehmen wie eine Mutter.

»Nein!« erwiderte Riccio, immer noch ruhig. »Ich bin erst vier…«

Da machte der Oberleutnant die Augen zu und versetzte Riccio einen kräftigen Stoß gegen die Schulter; der fiel dem Soldaten in den Schoß, die andern warfen sich über ihn wie ein Deckel. So erstickten sie seine Schreie, und aus dem Durcheinander ragten nur noch die strampelnden Beine des Jungen heraus.

Sie gingen zum Tor, und der Oberleutnant folgte ihnen mit bleiernen Füßen. »Mörder!« schrie Riccio. »Mama! Sie wollen mich umbringen! Mama!«

Sie kamen nie bis zu diesem verdammten Tor, der Unteroffizier mußte schon vorher draußen gewartet haben, denn das Tor wurde durch einen Druck von außen einen Spalt breit geöffnet.

Plötzlich löste sich das Knäuel, als sei in seiner Mitte eine Bombe geplatzt; im leeren Raum stand Riccio, fast ausgezogen, und starrte auf den Offizier.

»Rührt mich nicht an!« schrie er den Soldaten zu, die sich wieder um ihn drängten. »Ich geh allein! Aber faßt mich nicht an! Ich geh allein! Wenn ihr Bellini auch erschießt, wer würde mir dann in eurer verfluchten Kaserne noch Gesellschaft leisten? Keine Minute würde ich es mehr aushalten, ich würde euch noch bitten, mich zu erschießen! Die Soldaten sollen mich in Ruhe lassen! Ich geh allein!«

Der Oberleutnant gab den Soldaten ein Zeichen, und sie traten etwas beiseite. Riccio machte ein paar Schritte auf das Tor zu, bis er fast daranstieß.

»Noch was«, sagte Riccio. »Ich hab im Gefängnis

eine Torte. Meine Mutter hat sie mir geschickt. Ich hab erst davon gekostet, nur ein bißchen von der Kruste gegessen. Ich würde sie Bellini schenken, aber Bellini wollt ihr ja auch umbringen. Gebt sie dem ersten Partisanen, der in euer verdammtes Gefängnis kommt. Wehe, wenn einer von euch sie frißt!«

Er ging zum Wildbach hinaus, und die Soldaten lehnten das Tor wieder an. Der Oberleutnant blieb einen Augenblick stehen, dann lief er rasch in die Mitte des Hofes zurück. Aber auch dort hielt es ihn nicht, als könnten ihn die Schüsse noch durch die Mauer hindurch treffen. Mit großen Schritten brachte er sich in Sicherheit. Als er an der Ecke des Offizierskasinos angekommen war, krachten die Schüsse.

In der Kaserne waren wohl schon alle darauf vorbereitet, nichts regte sich: keine Neugierigen, keine Rufe, niemand kam an die großen Fenster. Alle Geräusche in Canelli waren schlagartig verstummt.

Der Oberleutnant strich sich mit der Hand die Haare glatt, die sich vor Entsetzen gesträubt hatten, und ging langsam zum Wachlokal, wo er auf Bellini warten wollte.

13

Um diese Zeit war Milton auf dem Weg zu Fulvias Villa auf dem letzten Hügel vor Alba. Den größten Teil des Weges hatte er bereits hinter sich, längst auch schon den Gipfel, von dem er das Haus zum erstenmal gesehen hatte. Es war ihm gespenstisch erschienen, so verschleiert durch den Regenvorhang. Es regnete wie noch nie, ein wilder Platzregen. Die Straße war eine einzige Pfütze, er watete darin wie in einem Wildbach, die Felder hatten sich in Morast aufgelöst, Bäume und Sträucher standen gebeugt, vom Regen vergewaltigt. Der Regen machte einen taub. Vom Gipfel hatte er sich den Hang hinuntergleiten lassen. Ein paarmal rutschte er auf dem Rücken, immer zehn, zwölf Meter weit auf dem gewölbten, welligen Abhang, dabei hielt er die Pistole mit beiden Händen wie ein Steuer. Auf der anderen Seite des Tals stieg er wieder einen Hügel hinauf. Von dort oben würde er das Haus zum zweitenmal sehen. Obwohl er seine ganze Kraft aufbot, kam er nur sehr langsam vorwärts. Er hustete und keuchte. »Was soll ich überhaupt noch dort? Heute nacht war ich verrückt, bestimmt habe ich im Fieber phantasiert. Es gibt nichts zu klären, nichts zu retten. Es gibt keine Zweifel. Die Worte der Frau, eines wie das andere, können nur eins bedeuten…« Er hatte den Gipfel erreicht, und ehe er hinüberschaute, strich er sich die nassen Haarsträhnen aus der Stirn. Da war die Villa, hoch oben auf ihrem Hügel, in der Luftlinie mochte sie nicht mehr als zweihundert Meter entfernt sein. Vielleicht lag es an den dichten Regenwänden, aber von hier aus erschien sie ihm plötzlich ausgesprochen häßlich und verkommen, als sei sie innerhalb der vier Tage um ein ganzes Jahrhundert gealtert. Die Wände waren grau und fleckig, das Dach verschimmelt, der Garten ringsum ungepflegt und verwildert.

»Ich gehe hin, ich gehe trotzdem hin. Ich weiß nicht, was ich sonst tun soll, und irgend etwas muß ich tun. Ich werde den Jungen des Verwalters in die Stadt schicken, um etwas über Giorgio zu erfahren. Ich werde ihm… ich werde ihm die zehn Lire geben, die ich eigentlich immer in der Tasche haben müßte.«

Er rutschte den Abhang hinunter, hatte die Villa gleich wieder aus den Augen verloren und erreichte schließlich das Ufer des Wildbachs unterhalb der Brücke. Dort, wo sie sonst den Bach überquerten, stand das Wasser eine Handbreit über den Felsblöcken. Er sprang von einem Stein zum andern, bis an die Knöchel im eisigen, lehmigen Wasser. Dann ging er den Weg hinauf, den er vor vier Tagen vor Ivan hergerannt war. Auf ebener Strecke marschierte er wütend drauflos, das war seine Antwort auf den Regen, der auf ihn herunterprasselte. »Ich muß schön aussehen. Schlamm, außen und innen. Meine eigene Mutter würde mich nicht erkennen. Fulvia, das hättest du mir nicht antun dürfen. Besonders, da mir all das noch bevorstand. Aber du konntest ja nicht ahnen, was mir bevorstand und ihm und all den andern jungen Leuten. Du sollst es auch nie erfahren, du sollst nur wissen, daß ich dich liebe. Aber ich muß Gewißheit haben, daß deine Seele mir gehört. Ich denke an dich, auch jetzt denke ich an dich. Weißt du, daß du sterben mußt, wenn ich nicht mehr an dich denke? Aber du brauchst keine Angst zu haben, ich werde nie aufhören, an dich zu denken.«

Er stieg die vorletzte Böschung hinauf, die Augen halb zusammengekniffen. Wenn er erst ganz oben war, würde er vorwärtsstürmen mit weitaufgerissenen Augen und sich an ihrem Haus satt sehen. Die Tropfen trommelten ihm auf den Kopf wie Bleikugeln, und manchmal hätte er vor Ungeduld am liebsten geschrien. So sah er auch den Mann nicht, der ihm entgegenkam, in einem Feld an einer Hecke entlang, etwa dreißig Schritt links von ihm. Ein junger Bauer war es, der auf Zehenspitzen durch den Schlamm lief, gebückt und schnell wie ein Affe, als ob er jeden Augenblick losrennen wollte und sich nur nicht getraute. Bald hatte der Regen ihn ausgelöscht.

Er kam oben an und blickte zur Villa hinüber, ohne anzuhalten, fast wäre er gestolpert. Während er noch schwankte, blickte er geradeaus, und da sah er die Soldaten. Mit einem Ruck blieb er mitten auf dem Weg stehen, beide Hände auf den Magen gepreßt.

Es waren an die fünfzig, in allen Richtungen über die Felder verstreut, ein einziger stand auf dem Weg, nicht alle mit schußbereiter Waffe, doch alle in durchweichter Tarnkleidung, der Regen zerstäubte auf ihren glänzenden Helmen. Am nächsten war der auf dem Weg, er stand etwa dreißig Meter von ihm entfernt, hielt das Gewehr zwischen Schulter und Arm, als wollte er ihn einschüchtern.

Noch hatte keiner ihn bemerkt, sie alle, er inbegriffen, schienen sich in einer Trance zu befinden.

Mit einem Schnippen des Daumens öffnete er die Pistolentasche, aber die Pistole nahm er nicht heraus. Im selben Moment, als der Soldat auf dem Weg zu ihm hinübersah, drehte Milton sich jäh um. Der Alarmruf erreichte ihn nicht, nur ein heiserer Schrei der Überraschung.

Er lief aufwärts mit weitausholenden, gleichgültigen Schritten, während er sein Herz an vielen, ganz sinnlosen Stellen klopfen fühlte und den Rücken sich weiten bis über die Breite des Weges. »Ich bin erledigt. Soll's mich im Nacken treffen. Wann schießen sie endlich?«

»Ergib dich!«

Sein Magen wurde eiskalt, und das linke Knie versagte plötzlich, doch er riß sich zusammen und raste der Böschung entgegen. Sie schossen schon nach ihm, mit Gewehr und Maschinengewehr, und Milton schien, als renne er nicht auf der Erde, sondern auf dem Wind der Geschosse. »In den Kopf, in den Kopf!« schrie es in ihm, und mit einem Sprung hechtete er über die Böschung und landete auf dem Abhang, während unzählige Geschosse über die Böschung fegten und die Luft über ihm zerfetzten. Er rutschte den Abhang hinunter, durchfurchte den Schlamm mit vorgestrecktem Kopf, die Augen aufgerissen und blind, streifte vorstehende Steine, Sträucher und Dornen. Doch er spürte die Wunden nicht, sah kein Blut, oder der Schlamm verschloß, verschmierte alles. Wieder raffte er sich auf und lief, aber zu langsam und zu schwerfällig, er hatte nicht den Mut, sich umzuschauen, er wollte nicht sehen, wie sie jetzt auf der Böschung standen, nebeneinander in einer Reihe wie auf dem Schießstand. Unbeholfen rannte er dahin zwischen Damm und Wildbach, dann kam ihm der Gedanke, stehenzubleiben, da er doch nicht schnell genug laufen konnte. Er wartete dauernd auf die Schüsse. »Nur nicht in die Beine, nur nicht ins Rückgrat!« Er lief weiter am Bach entlang, dorthin, wo die Bäume am dichtesten standen. Da sah er sie auf dem Grabendamm, eine zweite Patrouille wahrscheinlich, halb versteckt hinter den triefenden Akazien, etwa fünfzig Schritt von ihm entfernt. Noch hatten sie ihn nicht entdeckt, er war wie ein schlammtriefendes Gespenst, doch da schrien sie und richteten die Waffen auf ihn.

»Ergib dich!«

Schon hatte er gebremst und war zurückgewichen. Er lief auf die Brücke zu, und nach ein paar Schritten drehte er sich um sich selbst, stürzte und rollte ein Stück weiter. Sie schossen von zwei Seiten, von der Böschung und vom Grabendamm, brüllten und feuerten sich gegenseitig an, wiesen zu ihm herüber, beschimpften sich, machten sich gegenseitig Mut. Da war Milton wieder auf den Beinen, im Fallen war er gegen eine Erderhebung gestoßen. Rings um ihn riß brodelnd die Erde auf, Schlammfetzen bespritzten seine Knöchel, die Sträucher am Ufer vor ihm barsten mit hartem Knall.

Wieder lief er auf die unterminierte kleine Brücke zu. Es war ein Tod wie jeder andere, doch bei den letzten Schritten rebellierte sein Körper, sträubte sich, zerfetzt in die Luft zu fliegen. Er bremste mit einem Ruck, sprang in den Wildbach, flog über die Büsche, die von den Geschossen zerrissen wurden.

Er fiel auf die Füße, und das Wasser hielt seine Knie fest, während ihm das vom Beschuß abgeholzte Astwerk auf die Schultern fiel. Er verhielt nicht länger als eine Sekunde, aber er wußte, daß sie genügt hatte; wenn er gewagt hätte, sich umzuschauen, hätte er gewiß die ersten Soldaten bereits am Ufer gesehen, wie sie auf seinem Kopf zielten aus sieben, acht, zehn Gewehren zugleich. Seine Hand flog an die Pistolentasche, aber sie war leer, unter seinen Händen spritzte nur ein wenig Schlamm auf. Gewiß hatte er sie verloren, als er kopfüber die Böschung hinabrutschte. In seiner Verzweiflung drehte er den Kopf und spähte zwischen den Büschen hindurch. Ein einziger Soldat war in seiner Nähe, etwa zwanzig Schritt entfernt, das Gewehr zitterte in seiner Hand, seine Augen waren starr auf den Brückenbogen gerichtet. Mit einem betäubenden Aufprall warf Milton sich bäuchlings ins Wasser und hatte mit einem einzigen Stoß das andere Ufer erreicht. Hinter ihm brach das Schreien und Schießen wieder los. Auf dem Bauch kroch er über den Uferrand und stürzte auf die endlose, kahle Wiese. Doch seine Knie versagten. Er schlug zu Boden. Sie brüllten, was das Zeug hielt. Eine Stimme verfluchte die Soldaten. Zwei Geschosse schlugen in die Erde neben ihm, weich, freundschaftlich. Er erhob sich wieder und lief ohne übermäßige Anstrengung, resigniert, sogar ohne einen Zickzackkurs einzuhalten. Unzählige Geschosse flogen heran, in Schwärmen, in Bündeln. Auch aus der Diagonale kamen sie, ein paar Soldaten waren nach links gerannt, um ihn von der Seite zu treffen, und sie zielten vor ihn, wie bei einem Vogel. Diese Schüsse von der Seite erschreckten ihn unendlich mehr, bei direktem Beschuß wäre er vielleicht sofort tot gewesen. »In den Kopf, in den Kopf!« Er hatte keine Pistole mehr, um sich zu erschießen, er sah keinen Baumstamm, an dem er sich hätte den Schädel einrennen können, und während er blindlings weiterlief, krallte er beide Hände um den Hals, um sich zu erwürgen.

Er rannte immer schneller, immer gelöster, sein Herz klopfte, doch von außen nach innen. Er lief, wie er noch nie gelaufen war, wie er noch nie einen Menschen hatte laufen sehen, und die Kämme der gegenüberliegenden Hügel, geschwärzt und verwaschen von dieser Sintflut, tanzten wie glühender Stahl vor seinen aufgerissenen, halbblinden Augen. Er rannte, und die Schüsse und Schreie schwanden, ertranken in einem unendlichen, unüberwindlichen Teich.

Er rannte immer noch, doch ohne den Boden zu berühren, Körper, Bewegung, Atem, Anstrengungen hatten keinen Sinn mehr. Dann, während er immer noch rannte, begann sein Gehirn wieder zu funktionieren. Doch die Gedanken kamen von außen, trafen seine Stirn wie Kieselsteine, die von einer Schleuder geschnellt waren. »Ich lebe. Fulvia. Ich bin allein. Fulvia, gleich tötest du mich!«

Er rannte immer weiter. Der Boden stieg an, doch ihm war, als liefe er über eine Ebene, über trockenen, federnden Boden. Dann stellte sich ihm plötzlich ein kleines Dorf in den Weg. Keuchend wich Milton ihm aus, rannte um den Ort herum. Doch als er schon vorüber war, bog er unvermittelt nach links und kehrte noch einmal zurück. Er mußte Menschen sehen und gesehen werden, er mußte sich davon überzeugen, daß er lebte, daß er kein Gespenst war, das durch die Luft flog und drauf und dran war, sich in den Netzen der Engel zu verfangen. Er erreichte den Eingang des Dorfes und lief mitten durch den Ort. Da waren kleine Kinder, die aus der Schule kamen, und bei seinem dröhnenden Galopp über das Pflaster blieben sie auf den Stufen stehen und starrten auf die Ecke. Milton kam hervorgeschossen, wie ein Pferd, die Augen weiß, den Mund aufgerissen und voller Schaum, und bei jedem Aufprall seiner Füße stob ihm der Schlamm vom Leibe. Jemand schrie, vielleicht war es die Lehrerin am Fenster, doch er war schon vorüber, beim letzten Haus, am Rand des freien, wogenden Landes.

Er lief, mit aufgerissenen Augen, sah kaum etwas von der Erde und nichts vom Himmel. Er spürte die Einsamkeit, die Stille, den Frieden, aber noch immer lief er, leicht, unwiderstehlich. Da kam ihm ein Wald entgegen, und Milton rannte gerade darauf zu. Sobald er unter den Bäumen anlangte, war ihm, als schlössen sie sich zusammen und bildeten vor ihm eine Wand, und einen Meter vor dieser Wand brach er zusammen.

Antonio Delfini
Der letzte Tag der Jugend
Elf Erzählungen und eine Geschichte
Aus dem Italienischen
und mit einem Nachwort von
Marianne Schneider
272 Seiten. Fadenheftung. Broschur

»Die Wirklichkeit? – die gibt es doch gar nicht. Es gibt nur die Phantasie. Die Wirklichkeit, das sind wir zwei, du und ich, wie wir hier ganz doof im Café Hungaria sitzen.« *Antonio Delfini*

»Trocken, unsentimental und nie ohne traurigen Witz sind diese Geschichten eines großen Erzählers, in denen das unwiderruflich Vergangene in kurzen Momenten des Glücks noch einmal verheißungsvoll aufscheint, bevor es endgültig verlischt.«

Claus-Ulrich Bielefeld, Frankfurter Allgemeine Zeitung

»Ungläubig staunen kann man nur darüber, daß es bislang kein Buch dieses eigenwilligen Vertreters der modernen italienischen Literatur auf deutsch gegeben hat. Antonio Delfinis Erzählungen sind eine Entdeckung, und sie zu lesen, ist in einem ungewöhnlichen Maße unterhaltsam und lehrreich.«

Thomas Beckermann, Kleine Zeitung, Graz

Angela Praesent
Au Contraire
Eine Geschichte
136 Seiten. Fadenheftung. Schön gebunden

»Sie war stark, ich hatte Angst vor ihr. Alles andere war Lack auf Rost.« *Angela Praesent*

Angela Praesent beschreibt die Geschichte einer unglaublichen Reise, und die Geschichte eines Mannes, der sich entzieht: Au Contraire. Ein meisterhaft erzähltes Buch, spannend und voll subtiler Erotik: die Geschichte dreier Männer und einer Frau.

Sabine Techel
Mehr als Augen
Prosa
128 Seiten. Bleisatz, Buchdruck
Fadenheftung. Schön gebunden

»Eine außergewöhnliche Begabung...«
Beatrice von Matt, Neue Zürcher Zeitung

»Der Dichter nämlich balanciert auf dem Äquator zwischen Paradies und Wahnsinn, und macht man ihn besorgter Miene auf die Risiken solchen Unterfangens aufmerksam, wehrt er das mit zwei, drei gut gelernten Gesten ab und hält einem entgegen, man solle nicht krämerisch mit den Wirklichkeiten sein, die einem nicht gehören...« *Sabine Techel*

Sylvia Plath
Die Bibel der Träume
Erzählungen
Aus dem Amerikanischen von
Julia Bachstein und Sabine Techel
248 Seiten. Fadenheftung. Schön gebunden

»Eine der beunruhigendsten, wichtigsten Poetinnen dieses Jahrhunderts.« *Eva Demski, Brigitte*

»Sylvia Plath weiß souverän zu erzählen. Ihre Geschichten sind bisweilen auch komisch, ja satirisch; sie sind spannend, und sie sind vor allem eines: Aus einer gut beobachteten Realität intelligent übertragen in eine mehrdimensionale und vieldeutige Fiktion. Mehr können Erzählungen nicht leisten, als von der Wirklichkeit abzuweichen, um diese noch genauer wiederzugeben.« *Mira Beham, Süddeutsche Zeitung*

Armando
Die Wärme der Abneigung
Aus dem Niederländischen von Anne Stolz
160 Seiten. Fadenheftung. Broschur

»Es ist eine Lust, den Eskapaden dieses widerborstigen Denkers zu folgen.« *Verena Auffermann, Süddeutsche Zeitung*

»Eine veritable Entdeckung als Schriftsteller, kritisch, witzig und, vor allem, treffend.« *Alexander U. Martens, Lui*

»Nach und nach habe ich begriffen, daß man nicht schreiben darf, was man weiß. Man sollte das schreiben, was sich zwischen dem Wissen und dem Begreifen verbirgt.« *Armando*

Charlotte, Branwell, Emily und Anne Brontë
Angria & Gondal
Herausgegeben von Elsemarie Maletzke
Aus dem Englischen von Hans J. Schütz
Deutsche Erstausgabe
Mit zahlreichen Abbildungen
376 Seiten. Fadenheftung. Schön gebunden

»Hier ist ein grandioser Traum von Literatur Gestalt geworden.« *Bernhard Gleim, Radio Bremen*

»Zwei gläsern-glühende Groß-Reiche, deren Umfang wir heute allmählich-ahnend, ehrerbietig, abzuschreiten beginnen: Angria & Gondal.« *Arno Schmidt*

Charlotte Brontë
Über die Liebe
Herausgegeben von Elsemarie Maletzke
Aus dem Französischen von Eva Groepler
Aus dem Englischen von Hans J. Schütz
Deutsche Erstausgabe
112 Seiten. Bleisatz, Buchdruck
Fadenheftung. Schön gebunden

»Wahrlich, wahrlich, es ist eine ernste und seltsame und gefährliche Sache für eine Frau, Ehefrau zu werden.« *Charlotte Brontë*

Charlotte Brontës Briefe über die Liebe, an den Geliebten und die Geschichte ihres späten Glücks »von der nüchternsten Sorte« zeigen eine großartige Persönlichkeit, die unter ihrem taubengrauen Gefieder ein stürmisches, verwundetes Herz verbarg.

Klaus Nonnenmann
Die sieben Briefe des Doktor Wambach
Roman
160 Seiten. Fadenheftung. Schön gebunden

»Es gibt Bücher, in die man hineinspaziert wie in eine Landschaft, die auf wundersame Traumpfade führen, die die Phantasie auf eigentümliche Weise beflügeln. ›Die sieben Briefe des Doktor Wambach‹ ist ein solches Buch.«

Lioba Rüdell, Allgemeine Zeitung, Mainz

Klaus Nonnenmann
Teddy Flesh
Roman
320 Seiten. Fadenheftung. Schön gebunden

»Das ist Kammermusik, herrliche vollendete Kammermusik! Klaus Nonnenmann hat sich mit diesem großen Roman unter die besten heutigen Erzähler eingereiht. Eine Geschichte, die glänzend erzählt ist, von blitzgescheiten Einfällen wimmelt, ans Herz greift und doch nie sentimental wird.«

Walter Widmer

32,–
22,80